Warum immer ich?

Warum immer ich?

Roman

Thorsten Peter

Impressum:

Thorsten Peter – Warum immer ich?

1. Auflage

© Thorsten Peter, 2020

Herstellung und Verlag:

BoD - Books on Demand, Norderstedt

ISBN: 9783751994866

*Ein bisschen Freundschaft ist mir mehr
wert als die Bewunderung der ganzen Welt.*

Otto von Bismarck (1815-1898)

Prolog

Warum immer ich?«, fragen sich jeden Tag wahrscheinlich Millionen von Menschen. Alle glauben von sich selbst, das Schicksal hätte genau sie ausgesucht, um seine schlechte Laune an ihnen auszulassen. Und das vielleicht nur, weil ihnen der Toast mit der Marmeladenseite auf die frisch gebügelte Hose fällt, obwohl die Drehung auf die schwerere Seite mit Sicherheit auch physikalisch zu belegen ist. Oder aber, weil das Auto mal wieder nicht anspringt und ein mittelschwerer Wolkenbruch auf dem Weg zur S-Bahn einsetzt. Ein immer wieder gerne genommener Auslöser für „Warum immer ich?" ist auch die völlig unerwartete Reaktion der Waage, wenn sie wieder ein ganzes Kilo mehr anzeigt, obwohl man am Vortag peinlich genau darauf geachtet hat, nach der körperlichen Ertüchtigung, in welcher Form auch immer, nicht mehr als eine Tafel Schokolade zu essen. Das Stückchen Kuchen zwischendurch wird dabei gerne verdrängt. Der einzige, der diese Frage aber wirklich stellen darf, bin definitiv ich.

Ich weiß, das hört sich im ersten Moment genauso unglaubwürdig an, wie bei allen anderen und sie denken ich bin wieder einer von denen, die in Selbstmitleid ertrinken und den Hintern nicht hochbekommen. Es ist schließlich immer einfach zu jammern und irgendeine höhere Macht für die eigene Unzufriedenheit verantwortlich zu machen.

Jahrelang habe ich mir immer wieder diese eine Frage gestellt.

Mittlerweile bin ich allerdings tatsächlich an einem Punkt angelangt, an dem es dauerhaft aufwärtszugehen scheint. Von partiellen Höhenflügen in der Vergangenheit mal abgesehen, war das bisher noch nie der Fall gewesen. Zumindest nicht in diesem Ausmaß. So richtig glauben kann ich das ja noch nicht, aber während Sie sich jetzt hoffentlich meine Geschichte durchlesen, sofern Sie überhaupt Lust dazu haben, werde ich weiterhin mein Glück versuchen und hoffentlich die nötigen Dinge in die Wege leiten können, um Ihnen am Ende auch ein richtig schönes Happy End bieten zu können. Endlich kann ich die Hoffnung hegen, tatsächlich die Liebe meines Lebens gefunden zu haben. Gut, eine gemeinsame Zukunft haben wir noch nicht diskutiert. Das mit dem Kinderwunsch, der gemeinsamen Wohnung und der Hochzeit habe ich noch nicht angesprochen, aber immerhin sind wir für kommenden Freitag zum Essen verabredet. Und ich habe ein wirklich gutes Gefühl dabei. Wenn wir uns dann hoffentlich das erste Mal geküsst haben werden, sollte unserem gemeinsamen Lebensweg nichts mehr im Wege stehen. Ehrlicherweise muss ich zugeben, dass ich in diesem

Punkt den erhofften Erfolg meiner Bemühungen eher egoistisch betrachte. Ich hoffe, Sie sehen mir das nach. Mein Risiko in der Sache besteht jetzt darin, vielleicht am Ende wieder einmal den Satz „Warum immer ich?" aufschreiben zu müssen. Was ich natürlich um jeden Preis vermeiden will. Ihr Risiko ist es, eine Geschichte mit einem völlig bescheuerten Ende zu lesen, weil ich es wieder einmal verbockt habe. Versprechen kann ich Ihnen leider nichts. Ich hoffe, Sie gehen das Risiko mit mir zusammen ein und wir treffen uns am Ende wieder. Bis dahin wünsche ich Ihnen viel Spaß und gehe einfach im Gegenzug davon aus, dass Sie mir viel Erfolg wünschen. Wer will schon eine Geschichte ohne Happy End lesen?

Ach so, bevor ich es vergesse. Für den Fall, dass Sie jetzt denken, ich wäre eine Frau, wollte ich mich noch kurz vorstellen. Schließlich würden wohl in neunzig Prozent aller Geschichten dieser Art, Frauen die Hauptrolle spielen. Hier nicht. Ich bin ein Mann. Mein Name ist Louis Poppen. Ich bin mittlerweile Ende 30 und den George Clooney Look muss ich mir nicht erst färben lassen. Das Grinsen können Sie übrigens gerne wieder sein lassen. Den Namen Poppen gibt es ziemlich oft. Und glauben Sie mir, ich hatte deshalb schon genug peinliche Situationen. Das reicht locker bis zu meiner Rente. Ich bin ja schon glücklich darüber, dass meine Verabredung nicht Fröhlich, Schön oder Lustig heißt.

Nicht, dass ich auf einen Doppelnamen bei der Hochzeit spekuliere. Aber Angriffsfläche für Belustigungen habe ich auch so schon genug.

So, die grundlegenden Dinge sind geklärt. Ich muss dann auch mal los. Es gibt noch viel zu tun bis Freitag und Sie haben ja noch einiges zu lesen. Bis demnächst.

Kapitel 1 – Vorgeschichte

Angefangen haben die „Warum immer ich?" Situationen in der achten Klasse im Landschulheim. Vielleicht auch schon früher, aber das habe ich dann entweder vergessen, oder erfolgreich verdrängt. Vielleicht mussten sich auch erst einige „Warum immer ich?" Situationen in relativ kurzen Abständen aneinanderreihen, um sich der ungewöhnlich hohen Konzentration von Ungerechtigkeiten auf die eigene Person bewusst zu werden. Man kann auch nicht ausnahmslos jede unglückliche Situation auf die klassische „Warum immer ich?" Frage reduzieren. Ich für meinen Teil habe aber trotzdem einfach alles, was mir ungerecht erschien, darunter verbucht. Was natürlich sehr viel einfacher war.

In meiner Klasse war ich nicht wirklich ein Alphatier. Vielmehr würde ich mich im Nachhinein als Omegarüden bezeichnen, der ebenfalls eine wichtige Rolle in der Gemeinschaft spielt. Es war zwar keine angenehme Rolle, aber irgendwer musste auch beim Theater die Rolle des Unterdrückten spielen und ordentlich einstecken. Was nicht selten sogar eine Hauptrolle war. Mit dem kleinen Unterschied allerdings, dass der Schauspieler von der Bühne ging und die Frauen ihn trotzdem anhimmelten. Davon war ich jedoch weit entfernt. Von Bewunderungen in irgendeiner Form konnte keine Rede sein. Die strich ausnahmslos Thommy ein.

Thommy war definitiv ein Arsch. Das war auch ziemlich offensichtlich, aber die Mädchen schienen diese Tatsache einfach zu übersehen. Gut, man musste ihm zugestehen, dass er nicht schlecht aussah für einen Achtklässler. Er war irgendwie auch schon ein ganzes Stück männlicher als alle anderen. Was natürlich auch daran lag, dass er im letzten Jahr sitzen geblieben und daher auch schon älter war. Dummerweise war auch das den Mädchen scheißegal. Selbst wenn sie in der Regel einen sehr vernünftigen Eindruck machten, setzte beim Thema Jungs der Verstand von pubertierenden Mädchen komplett aus. Typen wie Thommy brachten dieser Tatsache auch nicht ansatzweise den gebührenden Respekt entgegen. Sie nahmen einfach alles als gegeben und selbstverständlich hin. Ich wäre schon froh gewesen, wenigstens einmal von irgendeiner Klassenkameradin den heiß ersehnten Zettel mit den drei berühmten Kästchen zum Ankreuzen, erhalten zu haben: „Willst du mit mir gehen?"

„JA – NEIN – VIELLEICHT"

Während Thommy seine Zettel wahrscheinlich in einem Schuhkarton, in dem Springerstiefel Größe 48 verkauft wurden, sammelte, wartete ich vergeblich darauf. Also das Sammeln bezieht sich natürlich nur auf die hypothetische Annahme, er hätte sich die Zettel kopiert und aufgehoben. Aber Thommy, der arrogante Sack, machte nicht einmal auf alle Zettel sein Kreuzchen. Er warf sie teilweise einfach weg, und die Mädchen steckten ihm irgendwann noch einen zu, weil sie sich einredeten, er hätte ihn vielleicht nicht bemerkt oder unabsichtlich verloren. Es war einfach zum Kotzen.

Schon während der Busfahrt in das besagte Landschulheim hingen sie an ihm wie klebrige Bonbons. Er war neu, er war irgendwie mysteriös, aber innerhalb kürzester Zeit zum Alphatier avanciert. Und meine Aufgabe als Omegarüde bestand in den meisten Fällen darin, seine verbalen Angriffe auszuhalten. Körperliche Übergriffe waren zum Glück recht selten. Wenn, dann waren sie meistens schmerzfrei, aber am Ende oft ziemlich peinlich. Wenn meine Mitschüler am Anfang des Schuljahres noch keine Hintergedanken hatten, wenn sie mich beim Nachnamen riefen, entwickelte sich folgende Situation, dank Thommy, schon bald zum Klassiker.

»Poppen!«, rief irgendjemand laut meinen Namen.

»Nicht jetzt«, war die Antwort, die immer öfter mehrstimmig und ziemlich synchron folgte. Selbst die Mädchen fanden Gefallen daran. Doch es gab eine Schülerin, die mein Schicksal teilen musste und so auch meine Freundin wurde. Also nicht so eine Freundin wie sie jetzt vielleicht denken. Eher eine „beste Freundin". Genau das, was ein Junge in dem Alter gar nicht brauchen kann. Eine „beste Freundin" war ja noch ein zusätzliches Hindernis auf dem Weg zum ersten Zungenkuss. Ich war sowieso schon meilenweit von so etwas entfernt und ihre ständige Gesellschaft machte es nahezu unmöglich, sich anderen Mädchen zu nähern. Immerhin hatte ich so wenigstens für mich eine Ausrede, warum mädchentechnisch rein gar nichts bei mir lief.

Meine „beste Freundin" war Belinda Schowanowski. Im Grunde hatte sie es noch schwerer, als ich. Ich war wenigstens nicht dick, durchschnittlich intelligent und musste auch keine Brille oder Zahnspange tragen. Mein reduziertes Selbstbewusstsein war wohl auf der mangelnden Förderung und Anerkennung durch mein Elternhaus begründet. Das sollte später besser werden. Allerdings war es ein hartes Stück Arbeit. Belinda hatte dagegen das Komplettpaket abgeräumt. Sie war als Oberstreber schon automatisch primäres Ziel für alle Vollidioten, die sich nur mit teuerster Nachhilfe und wahrscheinlich regelmäßigen Spenden der Eltern an die Schule, von einer Klasse zur nächsten retten konnten. Aber selbst das hatte bei Thommy irgendwann nicht mehr gereicht. Wobei ich bei ihm letztlich nie wusste, aus welcher Art Elternhaus er stammte. Das waren alles nur Vermutungen und für mich die einfachste Begründung für alles. Auf jeden Fall war er ein Arsch und das reichte mir damals. Zusätzlich hatte Belinda eine Brille, die einzig und alleine zum besser Sehen taugte. Ich fragte mich manchmal, warum sie nicht wenigstens ein halbwegs gutaussehendes Modell trug, sprach sie aber nie darauf an. Ihr Gewichtsproblem war zwar nicht bedenklich, weil sie ja noch im Wachstum war, aber für gelegentliche Hänseleien war auch das ein gern genommener Ansatz. Ich hatte schon damals die Vermutung, dass Belinda eigentlich ein hübsches Mädchen wäre, wenn da nicht die beschriebenen Merkmale im Vordergrund gestanden hätten. Und dann war sie ja, wie schon mehrfach erwähnt, meine „beste Freundin". Das schloss alle körperlichen Kontakte komplett aus. Immerhin verstanden wir uns gut und hatten im Gegensatz zu Robert wenigstens einen richtigen Freund.

Robert war ein ziemlich komischer Zeitgenosse. Er war sogar so merkwürdig, dass er selbst von Thommy in Ruhe gelassen wurde. Von seinem Wesen her war er eher introvertiert und ging auch nicht groß darauf ein, wenn ich gelegentlich versucht habe, ihn zu ermuntern, unserem Klub der Underdogs beizutreten. Irgendwie hatte er auch etwas Bedrohliches an sich. Er konnte einem minutenlang in die Augen sehen, ohne zu blinzeln. Was wiederum gar nicht zu seiner Schüchternheit passen wollte. Ich habe nie herausgefunden, was es war, wobei ich gestehen muss, dass sich meine Bemühungen sein Verhalten zu hinterfragen, in Grenzen hielten. Aber keine Angst, die Geschichte hier entwickelt sich nicht zu einem Amoklauf von Robert. Ihn habe ich hauptsächlich erwähnt, um nicht in allen Punkten am

Ende der Nahrungskette zu stehen. Immer, wenn ich an ihn dachte, war ich etwas zufriedener. Auf jeden Fall zufriedener als normalerweise. Durch ihn war ich nämlich nur die zweitärmste Sau von allen. Zumindest was die Anzahl der Freunde anging. Robert hatte null Freunde, ich wenigstens eine Freundin. Robert war vor einem Jahr in unseren Ort gezogen und keiner wusste wirklich etwas über ihn. Immerhin wurde er in Frieden gelassen. Das war wiederum ein Pluspunkt für ihn.

Eigentlich war das Landschulheim gar nicht mal so schlecht gewesen. Thommy hatte die meiste Zeit damit zu tun, einem Mädchen nach dem anderen den Kopf zu verdrehen und ihnen falsche Hoffnungen zu machen. Nachdem er seine Zunge in deren Münder gesteckt hatte, brach er ihnen das Herz. Ich wollte damals gar nicht wissen, in wie vielen Tagebüchern der Name Thommy als Grund für nicht enden wollenden Liebeskummer stand. Irgendwann hatte er dann so ziemlich alle durch. Zumindest die, die halbwegs nach etwas aussahen. Dann wurde ihm eines Nachmittags plötzlich langweilig. Das war dann eher ungünstig für mich und der Grund, warum das Landschulheim auch nur „eigentlich" gar nicht so schlecht war.
Wie das bei solchen Idioten leider üblich war, fanden sich auch immer noch ein paar größere Idioten, die dem Vorsitzenden der Idioten hinterherrannten. Sie schienen sich auch wirklich etwas davon zu

versprechen. Was das war, konnte ich allerdings nie herausfinden. Ich stand eben viel zu lange auf der Seite der Verlierer.

»Poppen!«, schrie Thommy, nachdem er die Tür zu meinem Zimmer aufgerissen hatte. Ich zuckte genauso zusammen wie Belinda, mit der ich mich zurückgezogen hatte, um in aller Ruhe eine Runde Kniffel zu spielen. Wir saßen gemeinsam auf dem Bett und schauten wahrscheinlich ziemlich dämlich aus der Wäsche, als mehrere Köpfe gleichzeitig durch die Tür schauten. Bevor ich die Möglichkeit hatte, über die Situation und eventuelle Folgen nachdenken zu können, brachte mich die Antwort, die seine Gefolgschaft wie immer im Chor rief, etwas aus dem Konzept. Es war eine andere, als sonst.

»Genau der richtige Zeitpunkt!«, hörte ich die drei Klassendümmsten grölen, bevor sie das Zimmer stürmten. Eine genaue Beschreibung der Ereignisse möchte ich mir an dieser Stelle selbst ersparen und beschränke mich hiermit auf das Ergebnis, der kreativen Phase unserer Peiniger. Wir hatten sowieso keine Chance uns zu wehren und zu einer Aufarbeitung des Traumas hatte ich definitiv keine Lust. In relativ kurzer Zeit fand ich mich in der bislang peinlichsten Situation meines Lebens wieder. Belinda und ich lagen zusammengefesselt aufeinander in meinem Bett. Es war ja nicht so, dass ich nie über körperliche Nähe zwischen Belinda und mir nachdachte; so hatte ich mir das allerdings nicht vorgestellt. Freundlicherweise hatten sie uns wenigstens die Unterwäsche angelassen. Das Allerschlimmste daran war aber, dass ich, obwohl ich mich unendlich schämte, eine gewisse Erregung verspürte. Und das ist auch Belinda nicht verborgen geblieben. Wie auch? Wir waren ja fast nackt. Ich konnte machen was ich wollte, meine Dauererektion wollte einfach nicht nachlassen. Je mehr ich zwanghaft an etwas anderes denken wollte, desto schlimmer wurde es. Immer wenn mein kleiner Freund etwas zuckte, zuckte Belinda auch irgendwo. Und wenn sie zuckte, zuckte ich sofort etwas stärker. Es war wie eine Unterhaltung im Genitalbereich. Ich hatte einfach keine Kontrolle darüber. Mit gewissen Abstrichen konnte ich die Tatsache, dass Belinda auf mir lag, wenigstens insofern als glücklich bezeichnen, weil so niemand sehen konnte, welche kleinen unbeabsichtigten Bewegungen in meiner Leistengegend stattfanden. Nur sie hatte es leider, im wahrsten Sinne des Wortes, am eigenen Leib zu spüren bekommen. Vielleicht war es genau das, was uns im Verlauf unserer Jugend daran gehindert hatte, irgendwann absichtlich intim zu werden. Gut verstanden hatten wir uns nach wie vor. Allerdings wusste ich nie, ob es bei uns beiden jeweils die mangelnde Auswahl war. Wir hatten ja aber auch keinen Vergleich.

Damals war mir das aber alles scheißegal gewesen, als nach einer gefühlten Ewigkeit und vielen originellen Sprüchen meiner lieben Mitschüler, auch noch der weibliche Lehrkörper zuerst am Ort der Massenbelustigung aufkreuzte. Ich weiß nicht, ob ich mir das einbildete, aber ich dachte, ein Zucken der Mundwinkel meiner Lehrerin erkannt zu haben. Es hätte mich damals auch nicht gewundert, wenn sie Thommy auch noch toll gefunden hätte.

»Warum immer ich?«, fragte ich zum ersten Mal bewusst, natürlich ohne eine Antwort darauf zu erhalten. Bis uns Frau Biehler losgebunden hatte, fanden sich immer mehr Schüler ein und versuchten einen Blick auf das Ereignis des Tages zu erhaschen.

»Lass mich durch!«

»Ich will auch mal!«

»Der Poppen poppt die Schowanowski!«

Das und vieles mehr, mussten wir mit anhören, bis wir endlich befreit waren.

Dieses Erlebnis hatte uns beide geprägt. Es sollte eine kleine Ewigkeit dauern, bis wir uns aus der Starre lösen konnten, in die wir mit diesem Akt der Gehässigkeit verbannt wurden. Eine Starre, die sich vor allem auf das Zwischenmenschliche auswirkte. Alles andere entwickelte sich. Eine fast schon zwanghafte Unterordnung sollte uns aber beiden, bis fast ins Erwachsenenalter, erhalten bleiben. Irgendwann nach der Schule trennten sich dann unsere Wege, ohne dass wir jemals über das Landschulheim gesprochen hatten.

Eine kleine Genugtuung durften wir in diesen Tagen aber dennoch erleben. Thommy und die anderen bekamen ihre Strafe. Und zwar öffentlich. Sie mussten in den letzten zwei Tagen unseres Landschulheimes die Bedienung spielen. Frau Biehler hatte dabei die pädagogische Absicht, ihnen auf diese Weise deutlich zu machen, was es heißt, erniedrigt zu werden. Ich denke für diese Erkenntnis waren sie einfach nicht schlau genug. Auf jeden Fall war es Robert, der diese Situation als einziger sehr genüsslich auskostete. Er schickte vor allem Thommy ständig in der Gegend herum, dem nichts anderes übrigblieb, als Roberts Anweisungen Folge zu leisten. Thommy ließ es über sich ergehen, was mir wiederum diebische Freude bereitete. Im Nachhinein war es wohl mehr Robert mit seiner merkwürdigen Art, als die angedrohten Sanktionen der Lehrerin, die ihn so gefügig gemacht haben. Robert wurde mir immer sympathischer.

Ich wusste ja nie, wie Belinda darüber dachte, aber ich vermisste sie nach dem Abi recht schnell. Und wer weiß? Vielleicht war es ja auch gut so, dass sich unsere Wege an diesem Punkt trennten. Ansonsten wären wir vielleicht ewig das Randgruppenduo geblieben. Doch ab hier war jeder von uns auf sich alleine gestellt und musste zusehen, dass es vorwärtsging im Leben. Ohne sich gegenseitig vorzujammern, dass alles so furchtbar ungerecht sei und jedes Klagen mit der Frage „Warum immer ich?" abzuschließen.

Kapitel 2 – Louis Poppen (Ich)

Auf einmal stand ich da. Ohne Belinda. Das war schon ein komisches Gefühl. Sie war immer diejenige gewesen, die sich in mich hineinversetzen konnte, wenn das Arschloch von Schicksal sich wieder einmal an mir vergangen hatte. Ständig hatte ich irgendeinen Grund zu jammern. Da es Belinda nicht viel anders ging, stieß ich bei ihr immer auf offene Ohren. Ich fühlte mich in meinem gewohnten Umfeld dauerhaft benachteiligt. Im Nachhinein musste ich aber feststellen, dass ich mich irgendwann komplett mit meiner Rolle identifiziert hatte. Ich ließ schon gar keine positiven Erwartungen mehr zu. Daher verschwand ich schon automatisch immer in der Defensive, sobald eine Konfrontation am Horizont zu erkennen war. Ich musste nur die Vermutung haben, so etwas wie eine Auseinandersetzung könnte auf mich zukommen, wartete ich instinktiv auf die Prügel. Ich warf mich praktisch freiwillig in den Ofen der Hexe, aus Angst es würde mich jemand hineinschubsen.

Obwohl Thommy nach der neunten Klasse abging, wurde es nicht besser. Die Hänseleien gegen mich hatten sich schon zur Routine entwickelt und gehörten irgendwie zum Tagesablauf. Es war ein ungeschriebenes

Gesetz, dass jeder seinen Frust an mir auslassen konnte. Keiner wusste irgendwann noch warum, aber es war eben schon immer so gewesen. Mit der Zeit war es dann nicht mehr so häufig, aber aufgehört hat es nie. Ich hatte mich quasi als Omegarüde in der Gruppe etabliert. Eine Anerkennung gab es für diese Position allerdings nicht. So kam es dann auch, dass ich sogar später noch, während des Studiums, immer versucht habe, so unauffällig wie möglich zu bleiben. Es reduzierten sich dadurch zwar die „Warum immer ich?" Situationen, aber wirklich zufriedenstellend war das auch nicht. Es dauerte ziemlich lange, bis ich irgendwann das unglaubliche Erlebnis hatte, wie es war, wenn jemand zu einem aufsah oder sogar bewunderte. Während meiner Schulzeit blieb mir dieses Gefühl immer verwehrt.

Die erste Station nach dem Gymnasium stellte sich sofort als Spießrutenlauf heraus. Der Ferienjob zwischen Abitur und Studium. Hier gab es immerhin ein kurzes Zwischenhoch, aber von dauerhafter Verbesserung meiner Situation konnte noch keine Rede sein. Ich hatte große Erwartungen und trotzdem die Hosen voll. Berechtigt, wie sich gleich am ersten Arbeitstag herausstellte. Idioten gab es scheinbar überall. Was ja eigentlich nicht schlimm wäre, wenn die sich nicht aus einem mir unerklärlichen Grund dazu berufen fühlen würden, ihre schlechte Laune an mir auszulassen. Meine erste Begegnung mit Benno Borsewig sollte dann auch gleich wegweisend für die kommenden sechs Wochen sein.

»Guten Morgen«, sagte Borsewig zur Begrüßung noch einigermaßen freundlich und mein Flämmchen an Hoffnung wurde nicht sofort ausgepustet.

»Guten Morgen«, entgegnete ich und setzte ein schüchternes Lächeln auf. Es war schon eine komische Situation. Borsewig war ein Mann um die 50. Einen ganzen Kopf kleiner als ich und etwa dreißig Kilo schwerer. Von der Figur her hätte er locker als Dirk Bach Double durchgehen können. Die Haare waren fettig und von einer Seite auf die andere gekämmt, um die nahende Vollglatze zu überdecken. Er war ein absoluter Bewegungslegastheniker. Ich dagegen hatte irgendwann angefangen, meinen Frust in sportlichen Aktivitäten unterschiedlichster Art abzubauen. Das hat auch geholfen. Allerdings nie so viel, dass sich kein neuer Frust mehr aufbaute. Irgendetwas war ja schließlich immer. Es schien fast schon unmöglich aus der einmal eingenommen Rolle wieder auszubrechen. Im Gegensatz zu Borsewig konnte ich noch ein paar weitere äußerliche Vorteile verbuchen, was ihn aber nicht im Geringsten zu beeindrucken schien. Manche Leute hielten sich scheinbar auch noch für unglaublich toll, wenn sie aussahen, wie ein lieblos zusammengesetzter Fleischhaufen, den Gott mal schnell dazwischengeschoben hatte. So wie ein Bäcker vielleicht den letzten Batzen Teig ungeformt aufs Blech warf.

»Wie heißt du, mein Junge?«, wollte er wissen und schaute von unten zu mir herauf.

»Louis Poppen«, antwortete ich und hätte mich eigentlich schon, bevor ich es ausgesprochen hatte, wundern müssen, warum denn mein Name nicht bekannt sein sollte. Schließlich war ich ihm von der Personalabteilung zugeteilt worden. Aber da war es schon zu spät. Borsewig war zwar, und das stellte sich schon im Laufe meines ersten Arbeitstages heraus, dumm wie neun Quadratmeter Feldweg, aber für Gehässigkeiten reichte es scheinbar trotzdem noch. Die Weisheit des Alters hatte wohl einen großen Bogen um ihn gemacht. Wahrscheinlich war die Weisheit einfach zu stolz, um jeden Depp zu erleuchten. Das Ungerechte daran war, dass genau diese Idioten auch noch furchtbar zufrieden mit sich und der Welt waren. Wenn man intellektuell nicht in der Lage war, sein Tun und Handeln zu reflektieren, blieben die Fragen nach Anstand und Moral scheinbar auch aus. Und so kam es, dass sich Menschen wie Borsewig als ziemlich genial einstuften.

»Wir wollen Poppen, Poppen, Poppen«, stimmte er an und versuchte dabei, seinen unförmigen Körper durch wippende Bewegungen, in eine Art Hüpfen zu versetzen. Das gelang nicht wirklich, aber die anderen Mitarbeiter des Papierlagers stimmten trotzdem mit ein. Die meisten konnten hüpfen.

»Wir wollen Poppen, Poppen, Poppen«, sangen sie im Chor und ich war plötzlich wieder in der achten Klasse. Im Sportunterricht hatte ich diesen Gesang früher oft ertragen müssen. Manchmal glaubte ich sogar bei den

Lehrern ein Schmunzeln entdeckt zu haben, bevor die Schlachtrufe unterbunden wurden. Einer von vielen Standardwitzen war zum Beispiel, mich grundsätzlich als vorletzten in eine Mannschaft zu wählen. Der Letzte war immer Robert, die arme Sau. Aber der war eben auch beim Sport nicht anders, als sonst. Verwunderlich war bei ihm, dass er eigentlich immer super Noten hatte, obwohl er kaum gesprochen hatte. Damals machte ich mir nicht wirklich Gedanken um Robert. Heute würde ich dieses Verhaltensmuster als bedenklich einstufen. Auf jeden Fall waren wir beide immer die Letzten und die Mannschaft, die an der Reihe war, sang dann immer im Chor:

»Wir wollen Poppen, Poppen, Poppen!«

Wie immer ertrug ich auch diese Schmach mit Fassung, weil mich die Erfahrung gelehrt hatte, dass die Meute schneller von ihrem Opfer wieder abließ, wenn es sich nicht zur Wehr setzte. Im Fall Borsewig hätte ich mich vielleicht wehren sollen, denn entweder war er einfach von Natur aus ein sadistisches Arschloch, oder es war genau diese fehlende Reaktion auf seine Gängelei, was ihn so unerträglich machte. Es war mir absolut unerklärlich, wie solche Menschen es immer wieder in Positionen schafften, die sie Macht über andere ausüben ließen. Auch hier konnte ich meine immer wiederkehrende Frage nicht unterdrücken. „Warum immer ich?", fragte ich mich wieder einmal, als ich Frühstück bei einem Bäcker holen sollte, den es gar nicht gab. Auf dem

Rückweg erwischte mich der beste Kumpel von Borsewig, seines Zeichens für den Werksschutz zuständig, wie ich ohne vorherige Abmeldung das Werksgelände wieder betrat. Er freute sich diebisch über den daraus resultierenden Eintrag in die Personalakte, der mir im Gegenzug völlig gleichgültig war. Ich wollte sowieso nie wieder in die Fänge von Borsewig geraten. Einfach die sechs Wochen überstehen. Das war mein Plan. Da ich Borsewig recht schnell durchschaut habe, tat ich aber so, als würde mich der Eintrag furchtbar ärgern. Und schon war er zufrieden. Unglaublich, wie einfach manche Menschen zu durchschauen sind. Es war mir ein Rätsel, wie Firmen es schafften, solche Mitarbeiter immer mit durchzuschleppen. Produktivität war für Borsewig ein Fremdwort, Effektivität hatte er noch nie gehört und trotzdem saß er fest im Sattel. Vielleicht wurde aber bei der Planung auch in jeder Firma ein gewisser Prozentsatz Borsewigs mit einkalkuliert. Diese zum Himmel schreiende Ungerechtigkeit machte mich nachdenklich.

Das war der Punkt in meinem Leben, an dem mir eingefallen war, dass ganz tief in meinem Inneren noch so etwas wie Selbstwertgefühl schlummern musste. Nach ein paar Wochen Borsewig wusste ich zwar immer noch nicht so genau, was ich damit anfangen sollte, aber es war ein gutes Gefühl, dieses verloren geglaubte Ding endlich gefunden zu haben. Irgendwann würde mir schon einfallen, was ich damit machen sollte.

Mal abgesehen von den kleinen Gehässigkeiten zum Mitnehmen, die mir Borsewig bereitwillig immer wieder servierte, ob ich diese nun wollte oder nicht, war es bei diesem Job ein leicht verdientes Anfangskapital für mein Studium. Borsewig war selbst den ganzen Tag damit beschäftigt, der Arbeit so gut es ging aus dem Weg zu gehen und mit der Zeit stellte sich sogar heraus, dass wenigstens der Azubi im Lager nicht so doof wie die anderen war. Immerhin ein kleines Licht am Ende des Tunnels. Es dauerte nur eine Weile, bis ich dahinterkam. Denn auch er war eingeschüchtert durch Borsewigs proletenhaftes Auftreten.

Stefan wurde mit der Zeit zu so etwas wie einem Vertrauten. Und er tat mir leid. Mein Ende im Lager der Diskriminierung war abzusehen. Sein Urteil hieß womöglich lebenslänglich und das war definitiv nicht auszuhalten. Genau das wird es wohl gewesen sein, was mich zum Ende des Ferienjobs ein gutes Stück auf mein Selbstbewusstsein zuführte. Das Schicksal eines anderen ließ mich dann endlich über mich hinauswachsen. Gut, diese Beschreibung klingt vielleicht weit hergeholt, aber für meine Verhältnisse kam es einer Revolution gleich.

Ich fing an, mit Stefan einen Plan zu schmieden. Offiziell sollte er natürlich nichts mit der ganzen Sache zu tun haben, denn wie bereits erwähnt, war sein Ende hier nicht abzusehen. Ich erhoffte mir meinen nächsten Ferienjob sowieso in Heidelberg, wo ich auch anfangen wollte zu studieren. Wenn mich der Zorn Borsewigs also treffen sollte, ging mir das, gelinde gesagt, am Arsch vorbei.

Kapitel 3 – Belinda Schowanowski

Belinda Schowanowski wollte die Zeit bis zum Studium mit einer Selbsterfahrung verkürzen. Sie hatte schon so viel über diesen Ort gehört und konnte nicht glauben, was alles darüber gesagt und geschrieben wurde. Sie wollte einmal im Leben dort gewesen sein. Zu Hause war niemand, der sie vermissen würde und daher beschloss sie kurzerhand, ihren Verdienst aus mehreren Monaten Kartenabreißen im Kino auf den Kopf zu hauen. Ihren Eltern erzählte sie, eine ganze Gruppe an Abiturienten würde diese Studienreise gemeinsam machen. Die waren wiederum froh, dass ihre Belinda endlich mit anderen etwas zu unternehmen schien und finanzierten ihr sogar einen Teil der Reise. Sie hatten Louis zwar gemocht, aber es war ja offensichtlich, dass sich daraus wohl nie etwas ergeben würde. Belindas Mutter lag ihr sowieso schon lange in den Ohren, sie solle sich doch langsam nach einem potenziellen Schwiegersohn umschauen. Ihr bisheriges Liebesleben beschränkte sich allerdings, mit Ausnahme der unfreiwilligen Fesselaktion im Landschulheim mit ihrem Mitschüler Louis Poppen, auf eine Urlaubsbeziehung. Die hatte Belinda Schowanowski, als sie im Alter von 17 Jahren den letzten gemeinsamen Urlaub mit ihren Eltern gemacht hatte. Beziehung war vielleicht etwas übertrieben, aber ein immerhin zweitägiger Urlaubsflirt war mehr, als die ganze Pubertät bis dahin zu bieten hatte. Wenn sie darüber nachdachte, wusste sie nicht, was trauriger war. Die miese Aktion ihres Urlaubsflirts, oder vielleicht doch die Tatsache, dass sie sexuell nach wie vor so erfahren war, wie die Winterreifen von Papas Auto. Der Vergleich war gar nicht so abwegig. Schließlich saß sie während der schönen Jahreszeit auch meistens alleine in ihrem Zimmer, während die anderen ihren Frühlingsgefühlen frönten und im Freibad von einem Flirt zum nächsten stolperten. Sie kam sich tatsächlich schon ein wenig vor wie der Winterreifen, der nur raus durfte, wenn die anderen keine Lust hatten. Wie auch immer, Winterreifen hin und Sommerreifen her. Bei der Frage, ob sie vielleicht in diesem besagten Urlaub über ihren Schatten hätte springen sollen oder nicht, geisterte ihr immer noch durch den Kopf.

Sören fiel ihr damals schon am ersten Tag auf. Er flanierte in regelmäßigen Abständen durch die Hotelanlage und führte seinen von Gott geschenkten Astralkörper spazieren. In der Regel war Belinda ziemlich immun gegen diese männlichen Reize. Zumal sie bisher nur aus der „Bravo" wusste, wie man darauf reagieren könnte, wenn man die eine oder andere Absicht hatte. Sören hatte jedoch etwas an sich, dass es ihr unmöglich machte, konsequent in die andere Richtung zu schauen. Die großzügig angelegte Poollandschaft der Clubanlage in der Türkei war wie gemacht für einen Jungen wie ihn. Früher oder später sahen sie ihn alle.

In einem etwas abgetrennten Bereich tummelte sich die ganze Jugend, die von ihren Eltern ein letztes Mal zu einem gemeinsamen Urlaub gezwungen wurde. Sie wären viel lieber zu Hause geblieben und hätten wilde Partys gefeiert, solange die Bude sturmfrei war. Belinda wollte sich zuerst gar nicht unter die Gleichaltrigen mischen, aber ihre Mutter hatte sie regelrecht in deren Richtung geschoben. Widerwillig tat sie ihr den Gefallen und trottete mit einem unguten Gefühl im Magen auf die Jugenddecke zu. Zu diesem Zeitpunkt hatte sie wenigstens ihre Gewichtsprobleme halbwegs im Griff und durch ihre ausgeprägten weiblichen Rundungen, gab sie ein recht gutes Gesamtbild ab. Was noch besser gewesen wäre, wenn sie die Schultern nicht hätte hängen lassen, als wären an ihren Armen tonnenschwere Gewichte befestigt worden. Kurz vor dem Urlaub hatte ihre Mutter sie noch in ein Sportgeschäft geschleppt und ihr einen Push-Up-Bikini aufgeschwatzt, der ihre Brüste noch größer machte, als sie eh schon waren. Wohl fühlte sie sich nicht, aber es führte immerhin dazu, dass zum ersten Mal ein Junge einen Pfiff wegen ihr ausstieß. Und dieser Junge war auch noch Sören. Das trieb ihr sofort die Röte ins Gesicht. Am liebsten wäre sie im Boden versunken, obwohl sie sich gleichzeitig riesig freute, endlich beachtet zu werden. Belinda hatte keine Ahnung, wo sie mit sich selbst und ihrer Scham hinsollte und zog es vor, direkt an der Jugendecke vorbei und auf kürzestem Weg zur Toilette zu gehen. Sie konnte nicht sehen, wie ihre Mutter enttäuscht den Kopf schüttelte und es sich wieder auf ihrer Liege bequem machte. Belinda wurde immer schneller. Sie sah sich nicht um, aber fühlte sich von unzähligen Augenpaaren beobachtet. In der Toilette angekommen, schloss sie sich in eine Kabine ein, setzte sich auf den geschlossenen Klodeckel und wartete. Worauf sie wartete, wusste sie nicht. Aber sie wartete. Nachdem in etwa die Zeit vergangen war, die Fremde in der Regel brauchten, um eine Begegnung mit Belinda zu vergessen, schaute sie vorsichtig aus ihrer Toilettenkabine. Niemand war da. Zum Glück. Trotzdem schlich sie auf leisen Sohlen zur Tür und hatte gerade mal einen Schritt im Freien hinter sich gebracht, als sie eine unbekannte Stimme hörte.

»Na, Süße. Ganz alleine hier?«, wollte die Stimme wissen und Belinda Schowanowski drehte sich vorsichtig um. Zu ihrem ersten und bisher auch einzigen Urlaubsflirt. Sören. Sportlich bis zum geht nicht mehr, braungebrannt und unrasiert. Er sah aus wie ein Model. Sicherheitshalber schaute sie sich noch einmal nach allen Seiten um. Vielleicht hatte er ja auch jemand anderen gemeint. Aber da war niemand.

»Hallo«, brachte sie mit Mühe hervor und ihr Kreislauf meldete sich lautstark zu Wort. Ein leichtes

Schwindelgefühl überkam sie und die ersten Schweißperlen des Tages hatte sie nicht der Hitze zu verdanken. Eventuell hätte sie stutzig werden sollen, weil Sören ihr nicht lange in die Augen schaute. Vielmehr ließ er seinen Blick über ihre primären Geschlechtsorgane schweifen.

»Hast du denn gar keine Begleitung?«, hakte Sören nach und wollte eigentlich nur wissen, ob er freie Bahn zu den größten Brüsten am Pool hatte.

»Ich bin mit meinen Eltern hier. Wir sind gestern Abend erst angekommen.«

»Hast du Lust mit rüber zu kommen? Ist meistens ganz witzig.«

»OK«, antwortete Belinda und ließ sich von Sören an der Hand zu der Gruppe von Jugendlichen führen, die sich um einen separaten Teil am Pool versammelt hatte. Sie wurde zu ihrer Überraschung sehr herzlich empfangen und verbrachte einen ausgelassenen Tag. Zwischendurch konnte sie ihre Mutter sehen, wie sie zu ihr herübergeschaut und aus sicherer Entfernung beide Daumen nach oben gestreckt hatte. Ihr heftiges Augenzwinkern wirkte dabei wie eine Persiflage auf sich selbst.

»Kommst du mit an den Strand?«, fragte Sören am nächsten Morgen und schaute ihr dabei tief in die Augen. »Nur du und ich.« Sören gab sich große Mühe, so cool wie möglich zu sein.

Belinda schaute ihn mit großen Augen an. In ihrem Kopf kämpfte der Wunsch nach Abenteuer gegen ihre fast schon unerträgliche Nervosität. Die Vernunft mischte sich dann auch noch ein und machte das Durcheinander in ihrem Kopf perfekt. Das Abenteuer erzielte schließlich einen Teilerfolg und ein Nicken musste als Antwort genügen. Zum Sprechen war sie gerade nicht in der Lage. Sören nahm sie an die Hand und führte sie aus der Clubanlage. Das Herz schlug Belinda bis zum Hals und sie war überzeugt davon, einen körperlichen Kontakt, der über das Berühren seiner Handinnenfläche hinausging, auf keinen Fall zu überleben.

»Ich habe eine wunderschöne Stelle entdeckt«, säuselte Sören weiter und tat dadurch nicht wirklich etwas, um Belinda zu beruhigen. »Da sind wir völlig ungestört.«

„Oh je", dachte Belinda und ihre Knie fühlten sich an wie Pudding. „Was mach ich denn jetzt? Will der tatsächlich mit mir alleine sein? Ich war doch noch nie alleine. Also alleine mit einem Jungen." Ihre Gedanken veranstalteten eine Art Hochgeschwindigkeitsverwirrung in ihrem Kopf. Sie hatte das Gefühl, ihre Hand, die immer noch von Sörens Hand gehalten wurde, sei so verschwitz, dass er sie bestimmt bald angewidert loslassen würde.

Irgendwann waren sie dann an der Stelle angekommen, von der Sören so geschwärmt hatte. Belinda musste sich eingestehen, dass sie überhaupt nicht wusste, wie sie hierhergekommen war. Viel zu angestrengt hatte sie während des ganzen Weges darüber nachgedacht, wie sie sich denn am besten verhalten sollte. Sörens Monolog hatte sie zwar wahrgenommen, aber auch daran konnte sie sich nur bruchstückhaft erinnern. Es war ein kleiner Felsvorsprung, an dem sich die Wellen des Meeres brachen. Baden konnte man hier nicht, aber es war wirklich wunderschön. Belinda musste jedoch recht schnell feststellen, dass Sören wohl nicht der Natur wegen mit ihr an diesen Ort gekommen war. Ohne Anlaufzeit fing er direkt an, sie zu küssen. Und soweit sie das beurteilen konnte, machte er das ziemlich gut. Belinda hatte zwar kaum Erfahrung, aber das Küssen war wohl eines der Dinge, die man einfach konnte oder eben nicht. Sie konnte es scheinbar, denn Sören wollte gar nicht mehr damit aufhören. Zumindest die ersten fünf Minuten. Dann fing er an, sie am Hals abwärts zu küssen. Dabei öffnete er gekonnt ihr Bikinioberteil und entblößte ihre Brüste. Im ersten Moment war es ihr ein wenig unangenehm, doch nur einen Moment später verspürte sie ein angenehmes Kribbeln, weil er mit seiner Zunge sanft ihre Brustwarzen umspielte. Das anschließende Kneten war auch noch sehr angenehm, aber der Moment, in dem er seine eigene Erregung nicht mehr unterdrücken konnte und seinen kleinen Freund fest an sie drückte, schossen ihr plötzlich die Bilder aus dem Landschulheim in den Kopf. Sie versuchte diese Erinnerung auszublenden. Doch als er gleichzeitig mit seiner Hand in ihre Hose eintauchen wollte, nachdem sie gerade sieneinhalb Minuten beim Vorspiel waren, ging ihr alles ein wenig zu schnell. Sie hielt seine Hand fest und drückte ihn ein Stückchen von sich weg.

»Das geht mir ein bisschen zu schnell«, sagte Belinda so vorsichtig wie möglich, ohne dass ihre Erregung verschwunden wäre. Ihr erstes Mal sollte wenigstens ein bisschen langsamer ablaufen. Sören sah das wohl anders und dachte durch das Ignorieren von Belindas romantischem Wunsch, würde sich derselbe in Luft auflösen. Für einen kurzen Moment war sie sogar dazu geneigt, es geschehen zu lassen. In letzter Sekunde tauchte dann plötzlich ihr Selbstwertgefühl wieder aus der Versenkung auf, übernahm kurz das Ruder und stieß Sören etwas fester zurück.

»Das ist mir zu schnell!«, sagte das Selbstwertgefühl zu Sören ziemlich deutlich, erschreckte damit Belinda und entlarvte ihren Urlaubsflirt als Aufreißer mit niederen Beweggründen.

»Jetzt stell dich nicht so an«, versuchte er ein letztes Mal Belinda zu überzeugen, ein Quickie mit ihm sei das Beste, was ihr passieren könnte. »Ihr Dicken kommt doch eh immer zu kurz. Du kannst doch froh sein, dass ich mit dir vögeln will.«

„Ihr Dicken? Hat der jetzt wirklich „ihr Dicken" gesagt?", dachte Belinda und konnte ab diesem Moment nichts mehr für die nachfolgenden Handlungen. Das eigentlich eher selten anwesende Selbstwertgefühl übernahm nun schon wieder das Ruder und trat Sören mit voller Wucht zwischen seine Beine.

»Du nennst mich nicht dick«, schrie sie, obwohl sie gerne selbst ein paar Kilo weniger gehabt hätte. »Du nicht, du verdammtes Arschloch.«

Der Tritt war ein Volltreffer. Sören blieb die Luft weg und war daher auch nicht fähig, sich dazu zu äußern. Er presste beide Hände zwischen seine Beine, nachdem die von Belinda für ihn auf ewig verschlossen bleiben würden, blies die Backen auf und kippte im Zeitlupentempo auf die Seite. Sie zuckte ein klein wenig zusammen, als er auf dem Boden aufschlug, konnte aber verhindern, Mitleid mit ihm zu empfinden. Obwohl gleichzeitig der Situation wegen einmal mehr die Frage „Warum immer ich?" für einen Moment vor ihrem geistigen Auge auftauchte, gab sie Sören ihre, nach außen selbstbewusst klingende, Meinung mit auf den Weg.

»Ich hoffe, das war dir eine Lehre«, sagte sie mittlerweile wieder recht ruhig zu ihm, während sie von oben auf ihn herabsah. »So Typen wie dich brauchen nicht mal wir Dicken. Wahrscheinlich wäre sowieso alles nur heiße Luft gewesen und ich hätte es ewig bereut.«

Nach diesem kurzen Moment der Genugtuung und der fast schon unendlichen Freude über ihr starkes Auftreten wurde sie schon einen Tag später wieder auf den Boden der Tatsachen zurückgeholt. Sören hatte sich wieder erholt, war nach wie vor der Mittelpunkt unter den Jugendlichen und sie verbrachte den Rest ihres

Urlaubs als Außenseiterin auf dem Liegestuhl neben ihren Eltern. Das einzige, was ihr blieb, war die Gewissheit, wenigstens einmal im Leben die Stärkere gewesen zu sein. Immerhin.

Zwei Jahre später, als sie dann alleine im Flieger nach Mallorca saß, wusste sie nicht mehr, ob es sich gelohnt hatte, mittlerweile die einzige auf dem ganzen Erdball zu sein, für die Sex ein nicht erlebtes Abenteuer war. Für sie, und vielleicht für die zweihundert Kilo Frau, die zwei Reihen vor ihr saß und besser beide Sitze gebucht hätte. Ihr Nebensitzer musste die Lehne zum Gang hochklappen, um keine blauen Flecken an der Seite zu bekommen. Doch wer weiß, vielleicht hatte diese Frau ja schon einen Mann gefunden, der auf ein paar Quadratmeter mehr erotische Nutzfläche stand. Auf jeden Fall wollte sie, auch auf die Gefahr hin schon wieder jemandem in die Weichteile treten zu müssen, im siebzehnten Bundesland der Deutschen alles daran setzen, den ersten Sex im Leben endlich abzuhaken. Und dann wollte sie den zweiten gleich hinterherschieben, da der erste ja bekanntermaßen meistens nicht besonders gut sein sollte. Hatte sie zumindest gelesen. Wie fast alles zu diesem Thema. Sie war sich immerhin zu neunundneunzig Prozent sicher, dass es klappen würde. Und trotzdem machte sie das eine Prozent ziemlich nervös. Wenn es nämlich dort nicht klappen würde, wo dann?

Dann würde vielleicht doch irgendwann auf ihrem Grabstein stehen: Ungeöffnet zurück!

Kapitel 4 – Thommy

Thommy, der mit vollem Namen Thomas Burgmann hieß, musste nach der neunten Klasse ganz unerwartet seine Karriere auf dem Gymnasium beenden. Sehr zur Freude seiner Opfer, die jahrelang unter ihm gelitten hatten. Allen voran Louis Poppen und Belinda Schowanowski, die nach der Zeugnisausgabe das Ereignis des Tages mit einem großen Eisbecher feierten. Sie hatten niemals nachgefragt, was der Grund für das Verlassen der Schule gewesen war. Er hätte ja eigentlich auch einfach wiederholen können, falls die Noten so schlecht waren. Wobei das dann schon das zweite Mal gewesen wäre. Die Mädchen, deren Herz er schon gebrochen hatte, machten ihre eigene kleine Feier und diejenigen, die wenigstens gerne ein gebrochenes Herz gehabt hätten, anstelle zu den Wenigen zu gehören, die Thommy noch nicht geküsst hatte, trauerten um ihn. Zumindest ein bisschen. Unter den Jungs gab es zwar einige, die immer in seinem Schatten mitgelaufen sind, wohl in der Hoffnung eine von seinen abgelegten Freundinnen abgreifen zu können, aber keinen richtigen Freund. Thommy hatte auch seine Kumpels mit egoistischen Verhaltensweisen soweit auf Distanz gehalten, dass die ihn auch nicht wirklich vermisst hätten. Schon nach den Sommerferien, war Thomas Burgmann so gut wie vergessen. Die Mädchen hatten sich einen neuen Schwarm ausgesucht, Louis und Belinda waren sowieso froh, endlich ihren Peiniger los zu sein und irgendwann waren sich alle einig, dass er eh nur ein Arschloch gewesen war.

Das Tragische und gleichzeitig Außergewöhnliche an Thommys Geschichte hatte nie irgendjemand erfahren. Schließlich hatte er auch alles dafür getan, dass sein Schicksal den meisten Mitschülern egal war. Entweder hatte er sie auf irgendeine Weise gequält oder er hat ihnen eben das Herz gebrochen. Was eigentlich so gut wie dasselbe war. In Wirklichkeit wäre er aber gar nicht sitzen geblieben. Er hatte es nur allen erzählt, um den wahren Grund nicht nennen zu müssen. Der war ihm nämlich peinlich. Obwohl, peinlich war vielleicht nicht das treffendste Wort, aber es kam ziemlich nahe ran. So genau konnte er es zum damaligen Zeitpunkt selbst nicht beschreiben.

Thommy kam aus einem schwierigen Elternhaus. Der Vater war ein Trinker und Thommy hatte von ihm noch nie in irgendeiner Weise Unterstützung oder Anerkennung erfahren. Auf der anderen Seite ließ er ihn aber auch meistens in Ruhe. Sein Vater war zufrieden, wenn er nach der Arbeit auf der Couch saß, der Fernseher mehr oder weniger sinnvolle Sendungen ausstrahlte und genügend Bier im Haus war. Er kümmerte sich um rein gar nichts. Wenn seine Frau ihn gelegentlich darauf aufmerksam machte, brachte er stets das

Argument, er würde schließlich auch das Geld in der Familie verdienen. Irgendwann war das aber auch vorbei. Während Thommy noch in der neunten Klasse war, wurde es dem Arbeitgeber seines Vaters zu dumm und dieser wollte die immer häufigeren Ausfälle nicht mehr dulden. Er setzte ihn kurzerhand auf die Straße und die Situation zu Hause wurde dadurch nicht besser. Auf einmal hatte er noch mehr Zeit zum Trinken und als Thommys Mutter plötzlich an Brustkrebs erkrankte, packte er einfach seine Sachen und war von heute auf morgen verschwunden. Unterhalt war von einem arbeitslosen Trinker nicht zu erwarten und das bisschen Hartz IV der Mutter reichte auch vorne und hinten nicht, um Thommy den Weg zum Abitur zu ebnen.

»Wir bekommen das schon irgendwie hin«, hatte seine Mutter immer wieder gesagt. Sie wollte unbedingt ihrem Sohn ein besseres Leben ermöglichen. Doch während ihrer Behandlungen war es ihr unmöglich gewesen, zu arbeiten. Thommy wurde von einem Moment auf den anderen erwachsen. Ob er wollte oder nicht. Er hatte keine Möglichkeit mehr, Kind zu bleiben. Ihm wurde schlagartig bewusst, was seine Mutter für ihn jahrelang mit seinem Vater ertragen hatte. Nur weil er das Geld nach Hause brachte. Für ihn war klar, dass er nun an der Reihe war. Auch wenn es hart war, aber er traf eine Entscheidung.

»Mach dir keine Sorgen«, sagte er zu seiner Mutter, die ihren Sohn selbst nicht mehr erkannte. Aus einem rotzfrechen Bengel war über Nacht ein fürsorglicher Sohn geworden. »Mein Abi kann ich auch noch später machen.«

Thommy bemühte sich erfolgreich um einen Ausbildungsplatz, ging nach der neunten Klasse vom Gymnasium ab und tat alles dafür, sich und seiner Mutter ein halbwegs würdevolles Leben zu ermöglichen. Durch ständig wechselnde Aushilfsjobs, die er nach Feierabend noch angenommen hatte und sich „schwarz" bezahlen ließ, gelang ihm das sogar. Doch das alles hatte seinen Preis. Er zog sich komplett von seinem Freundeskreis, der ja eigentlich gar keiner war, zurück und sein einziger Lebensinhalt bestand im Alter von 16 Jahren darin, sich und seine Mutter zu ernähren. Seine Mutter dankte es ihm dadurch, dass sie ihren Krebs erfolgreich besiegte. Für Thommy war das eine Erfahrung, die seine komplette Lebenseinstellung verändert hatte. Er hasste plötzlich den Jungen, der er gewesen war. Er wollte etwas ändern. Vielleicht auch einiges wieder gut machen. Aber dazu musste er wieder bei null anfangen. Thomas Burgmann war in Vergessenheit geraten. All das war aber nicht wirklich schlimm. Seiner Mutter ging es wieder gut und er war das erste Mal in seinem Leben richtig stolz auf sich.

Kapitel 5 – Robert

Robert war derjenige, der immer dann in Louis Poppens Gedanken auftauchte, wenn er gerade mal nicht die ärmste Sau von allen sein wollte. Auch wenn Robert ein paar Pluspunkte für sich verbuchen konnte, war nach Louis´ Meinung er das ärmste Schwein überhaupt. Seine These begründete Louis immer damit, dass Robert überhaupt keinen Freund und er wenigstens Belinda hatte. Robert hatte zwar immer gute Noten, wurde von Thommy nicht gequält und hätte wohl auch noch ganz gut ausgesehen, wenn er nicht immer so ernst aus der Wäsche geschaut hätte. All das ließ Louis aber nicht gelten. Allein die Anzahl der Freund war wichtig, um gelegentlich ein kleines Hochgefühl empfinden zu können. Robert null Freunde. Louis ein Freund. Alles andere wurde verdrängt.

Wenn ein Mitschüler so gut wie nie etwas sagte, sich selbst fast schon vehement weigerte an der Klassengemeinschaft in irgendeiner Form teilzunehmen, wurde er irgendwann einfach in Ruhe gelassen. Besser gesagt war er nicht viel mehr als das Skelett in der Ecke des Biologiesaales. Das sagte ja auch nichts. Er war zwar da, aber keinen interessierte es. Die ersten paar Mal wurde das Skelett noch halbwegs interessiert angesehen, dann vielleicht im Vorbeigehen noch wahrgenommen, aber irgendwann fiel es einfach nicht mehr auf. Anfangs war sein Verhalten für seine Klassenkameraden beängstigend gewesen. Irgendwann hatten sich seine Mitschüler an das zweite Skelett im Raum gewöhnt und es gehörte wie der Kartenständer im Erdkundeunterricht zum Inventar. Allerdings gab es eine Situation in ihrer Schullaufbahn, bei der Louis im Nachhinein zugeben musste, dass ohne Robert das letzte Schuljahr auf dem Weg zum Abitur vielleicht wieder ähnlich der achten Klasse verlaufen wäre. Robert beobachtete seine Umgebung immer sehr aufmerksam. Vor allem wenn irgendwo Unrecht geschah, war Robert in der Nähe. Da blieb die Frage, ob das Unrecht nur geschah, weil er in der Nähe war, oder ob es andernfalls schlimmer gekommen wäre? Keiner konnte es wirklich einordnen. Es redete auch komischerweise von den Betroffenen niemand darüber. Kurz bevor Louis die Verbindung zwischen den Ereignissen zu einer logischen Kette verbinden konnte, geriet er selbst in eine Situation, in der ihm Unrecht geschehen sollte. Und ganz plötzlich lernte er die geheimnisvolle Seite von Robert kennen. Dieser trat tatsächlich gelegentlich mit anderen Menschen in Kontakt, tat das aber auf recht merkwürdige Weise und die Betroffenen verdrängten das Erlebte sofort wieder.

Am ersten Schultag seines letzten Jahres war es, als ob Thommys genetischer Zwilling in einigen von Louis´ Kursen war. Matze war der Neue. Besser gesagt er war der Alte, weil er im letzten Abiturjahrgang der einzige ohne Abschluss gewesen war. In diesem Alter sollte man eigentlich denken, dass sich ein Jahr Unterschied, nicht mehr auf den Körperbau auswirkte. Und erst recht sollte man meinen können, dass die Reife eines Menschen, der nach dem Abitur griff, zumindest soweit fortgeschritten war, sich nicht mehr in pubertären Gängeleien aufzuhalten. Auf Matze traf leider beides nicht zu. Er war knapp zwei Meter groß, hatte Arme wie Louis Oberschenkel und wollte sein Opfer für die nächsten zehn Monate schon am ersten Schultag ausmachen. Ganz dumm konnte er ja nicht sein, sonst hätte er es gar nicht soweit geschafft. Aber schlau war er irgendwie auch nicht. Vielleicht stimmte es ja wirklich, dass die Intelligenz bei zu vielen Steroiden in den Bizeps rutscht. Doch ganz egal wie es war. Keine Theorie half Louis weiter. Nur Robert.

»Poppen. Wie kann man nur Poppen heißen?«, war der erste Satz den Louis von Matze gehört hatte. Der stand etwa zwanzig Zentimeter von ihm entfernt und schaute von oben auf ihn herab. Louis war nicht fähig zu sprechen, Belinda hatte die Situation gar nicht mitbekommen, nur Robert war komischerweise sofort zur Stelle.

»Was ist denn los?«, hakte Matze nach und schob Louis mit seinem Brustkorb einen Schritt zurück. Spätestens an dieser Stelle war er gedanklich dem Landschulheim in der achten Klasse verdächtig nahe. »Hat es dir etwa die Sprache verschlagen? Oder hast du gerade schon wieder heimlich ans Poppen mit Belinda gedacht und ich habe dich dabei erwischt?«

Bei diesem Satz wurde Louis plötzlich klar, wen er da vor sich hatte. Früher war er nur ein Mitläufer gewesen. Louis hatte komplett verdrängt, dass Matze ein Klassenkamerad von Thommy war, bevor dieser sitzenblieb. Doch spätestens nach der Anspielung auf die peinliche Situation mit Belinda hatte er ihn erkannt.

»Äh, was?«, stotterte Louis, der von einer Sekunde auf die andere wieder mit seinem Trauma konfrontiert wurde.

»Äh, Öh, Äh, Öh«, imitierte Matze sein Stottern und es war unglaublich, wie schnell sich die Anhänger Thommys von damals um seinen Nachfolger postiert hatten und mit schadenfrohem Grinsen dem Ereignis beiwohnten. »Sprich deutlich, Poppen. Hast du schon wieder daran gedacht, hä? Und ich will keine billige Ausrede hören.«

»Nein, habe ich nicht«, sagte Louis leise und beschämt zugleich. Er war in die Ecke gedrängt und sah keinen Ausweg. Genau wie damals.

»Sollst du lügen?«, fragte Matze und packte Louis an seiner Hose. »Da sollten wir doch mal nachschauen, ob der kleine Poppen nicht schon aufgewacht ist.«

Louis sah niedergeschlagen seiner größten Demütigung entgegen. Mittlerweile war er achtzehn Jahre alt und konnte sich immer noch nicht wehren. Er war der ewige Verlierer. „Warum immer ich?“, fragte er sich

wieder einmal. Er war gerade dabei die Augen zu schließen, um sich selbst dabei nicht zusehen zu müssen, als
er plötzlich Roberts Stimme hörte. Ganz ruhig und besonnen.

»Lass ihn los«, sagte er zu Matze.

»Und was willst du tun, wenn ich das nicht mache?«,
wollte dieser wissen und sah dabei ziemlich belustigt
aus. Das war in etwa so, als würde die Ameise den Ele-
fanten vom Weg abdrängen wollen. »Willst du mir
dann mein Pausenbrot wegnehmen? Oder willst du
vielleicht zum Lehrer rennen und petzen? Was hast du
denn so geplant, um mich davon abzuhalten, Poppen
die Hose runterzuziehen?«

»Für den Moment werde ich dir nur den Arm brechen,
wenn du ihn nicht loslässt«, sagte Robert immer noch
völlig ruhig. Nur der Ausdruck seiner Augen hatte sich
verändert. Sie hatten plötzlich etwas Wahnsinniges an
sich, dass Louis nicht deuten konnte. Matze hatte zu
wenig Feingefühl dafür. Ihm fiel das nicht auf. Auch als
Robert in aller Ruhe fortfuhr, erkannte Matze den Ernst
der Lage nicht. Vielleicht stimmte das ja doch mit den
Steroiden.

»Und wenn du dadurch nichts lernst, werde ich mich
dir nach der Schule etwas intensiver annehmen. Du
glaubst nicht, wie kreativ ich sein kann, um Arschlö-
cher wie dich auf den rechten Weg zurückzuführen.«

Für einen Moment kam Louis der Gedanke, dass
Thommy damals vielleicht gar nicht von der Schule

abgegangen, sondern genauso gut einsam und verlassen in Roberts Folterkammer gestorben sein könnte. Er hatte immer schon ein komisches Gefühl bei ihm gehabt. In diesem Moment war Louis davon überzeugt, einen eiskalten Psychopathen in der Klasse zu haben. Aber so ein Psychopath ist gar nicht so verkehrt, wenn er unverständlicherweise Partei für einen ergreift. Vielleicht konnten Psychopathen ja sogar ganz nett sein, wollte Louis sich gerade einreden, als Matze der Kragen platze.

»Halt´ die Fresse und verschwinde«, schrie er Robert direkt ins Gesicht und machte sich daran, an Louis Poppens Hose zu ziehen.

Plötzlich und absolut unvermittelt hatte Matze das Gefühl, es würde sich ein Schraubstock um sein Handgelenk schließen. Noch bevor er mit der anderen Hand nach Robert greifen konnte, drehte dieser seinen Arm. Immer weiter. Matzes Gesicht veränderte sich zu einer schmerzverzerrten Maske. Er war so überrascht, dass er fast unfähig war zu reagieren. Die Kraft seines neuen Mitschülers war beinahe unmenschlich, aber tief in seinem Inneren war Matze überzeugt davon, Robert würde rechtzeitig aufhören. Doch das tat er nicht. Wie eine Maschine führte er seinen Arbeitsgang zu Ende aus. Bis es heftig knackte und Matze in die Knie ging.

»Du Wichser hast mir tatsächlich den Arm gebrochen«, schrie Matze hysterisch und alle um ihn herum wichen ängstlich einen Schritt zurück.

»Hatte ich doch gesagt«, antwortete Robert, ohne eine Miene zu verziehen. »Du wolltest ja nicht hören. Ich hoffe für dich, du bist jetzt schlauer.«

Robert drehte sich um und ließ Matze mit seinen Schmerzen und Louis wenigstens mit einem Rest Würde zurück. Matze hatte scheinbar daraus gelernt. Er erwähnte kein Wort gegenüber den Lehrern, die ihn am nächsten Tag nach der Ursache seines Gipses fragten, von Roberts psychopathischer Aktion. Auch der Rest der Klasse schwieg. Matze war unglücklich gestürzt.

Louis bedankte sich noch am selben Tag ausgiebig bei seinem Retter und fragte ihn nach Jahren wieder einmal, ob er nicht Lust hätte, mit ihm und Belinda etwas zu unternehmen.

»Lass mal gut sein«, antwortete Robert. »Nett, dass du fragst, aber ich zieh mein eigenes Ding durch.«

Louis akzeptierte, auch wenn er nicht ansatzweise wusste, was das Ding war, das er durchziehen wollte. Er war wie ein einsamer Wolf. Vielleicht war er ja wirklich mit sich alleine glücklich.

»Darf ich dich noch etwas fragen?«, wollte Louis wissen, da ihm noch etwas auf der Seele brannte. Auch wenn er glücklich über die unverhoffte Rettungsaktion war, bescherte ihm die Art und Weise ein wenig Kopfzerbrechen.

»Klar, frag doch.«

»Was hättest du mit Matze gemacht, wenn er selbst mit gebrochenem Arm keine Ruhe gegeben hätte.«

Robert sah Louis in die Augen, ohne zu blinzeln. Er tat so, als wäge er seine Antwort ganz genau ab. Es sah so aus, als würde er überlegen, wie viel von seinen Foltermethoden er Louis preisgeben könnte. Ganz langsam verzogen sich dann seine Mundwinkel zu einem Lächeln, bei dem Louis nicht sicher war, ob er jetzt dem Wahnsinn schon komplett verfallen war, oder ob er die ganze Sache einfach nur lustig fand.

»Gar nichts«, war die überraschende Antwort.

»Gar nichts?«, wiederholte Louis fragend.

»Gar nichts. Glaubst du etwa ich bin ein Psychopath, der böse Mitschüler foltert?«

»Äh, also«, stotterte Louis und kam nicht umhin wieder an Thommy zu denken. »Ich weiß ja nicht.«

»Quatsch«, sagte Robert und Louis sah zum ersten Mal ein ausgelassenes Lachen in dessen sonst so ernstem Gesicht. »Jetzt denk doch mal logisch«, forderte Robert seinen Mitschüler auf. »Wenn ich in aller Ruhe so eine Aktion durchziehe, ohne eine Miene zu verziehen und das vorher auch noch angekündigt habe, traut der mir jetzt alles zu. Da brauch ich gar nicht konkret zu werden. Der malt sich doch jetzt schon von ganz alleine die schlimmsten Horrorszenarien aus. Du hast ja auch gedacht, ich hätte noch etwas in der Hinterhand.«

»Da könnte was dran sein.«

»Da könnte nicht nur, da ist definitiv was dran. Neben meinem Fitnesstraining beschäftige ich mich intensiv mit Psychologie. Ich weiß, wie der tickt. Matze trainiert zwar auch, aber der wird ja langsam blöd im Kopf von seinen ganzen Mitteln, die er in sich reinstopft.«

»Ah, dann willst du bestimmt auch was in der Art studieren, oder? Also mit Psychologie und so.«

»Na klar, das liegt doch nahe.«

„Oh je", dachte sich Louis. „Ein psychopathischer Psychologe." Ausgesprochen hatte er es natürlich nicht.

Robert ließ sich auch nach dieser Aktion nicht auf intensive Gespräche ein und pflegte nach dieser, für seine Verhältnisse außergewöhnlich langen Unterhaltung, wieder sein Dasein als Einzelgänger. Gelegentlich kam es zu einem belanglosen Small Talk, aber mehr war bei ihm einfach nicht drin. Ob das wirklich eine gute Eigenschaft für einen zukünftigen Psychologen war, konnte und wollte Louis nicht beurteilen.

Aber er hatte es eindeutig geschafft, mit mehr oder weniger vertretbaren Mitteln, Matze in die Defensive zu drängen. Von ihm hörte man den Rest des Jahres so gut wie nichts mehr. Um Robert machte er einen großen Bogen und Louis genoss plötzlich eine Art unsichtbaren Personenschutz. Seinen Freundeskreis hatte es zwar nicht erweitert, weil man ihn jetzt ebenfalls in die Psychoecke stellte, aber er hatte immerhin wieder seine Ruhe.

Kapitel 6 – Louis Poppen (Ich)

Ich war extrem nervös, als ich antrat, meine Angst zu überwinden, um endlich so etwas wie Selbstachtung zu verspüren. Wobei nervös gar kein Ausdruck war. Ich fühlte mich innerlich wie ein Reaktorblock vor der Kernschmelze. In irgendwelchen Kinofilmen sah das immer so einfach aus, wenn die Underdogs plötzlich mutig wurden und ihren ständigen Widersacher am Ende doch noch in die Knie zwangen. Ich war weder über Nacht sonderlich mutig geworden, noch war Benno Borsewig mein ständiger Widersacher gewesen. Ich wollte einfach nur für Gerechtigkeit sorgen. Wenigstens einmal in meinem Leben wollte ich etwas für andere Benachteiligte tun. Genauso wie Robert es damals für mich getan hatte. Was so gar nicht zu meinem heldenhaften Vorhaben passen wollte, war die Tatsache, dass ich, wie schon erwähnt, ziemlich die Hosen voll hatte. Aber Stefan zählte auf mich und für einen Rückzieher war es definitiv zu spät. Es war schon ziemlich selbstlos, was ich mir da vorgenommen hatte und womöglich sogar mit Schmerzen verbunden. Also mit Schmerzen, die eventuell mich selbst treffen könnten. Aber wie gesagt, es war zu spät, um die Sache wieder abzublasen. Ich hatte eine dicke Lippe riskiert, vor

Stefan den Retter markiert und jetzt musste ich meinen Kopf auch im wahrsten Sinne des Wortes hinhalten.

»Guten Morgen Poppen«, rief Benno Borsewig gerade ziemlich vergnügt durch die ganze Lagerhalle, als ich meinen Plan noch einmal durchging. Daher reagierte ich auch nicht auf seine Aussage und vermasselte ihm damit wohl unbeabsichtigt gleich den Morgen. Es kotzte ihn immer an, wenn seine Untergebenen nicht auf diese Anspielungen in einer, seiner Stellung entsprechenden, Demut reagierten. Es war vielleicht seine einzige Freude, doch das war mir ziemlich egal. Sollte er doch zu Hause von einem Hausdrachen tyrannisiert werden, oder von seinen Kindern ständig angepöbelt werden, weil ihnen ihr Vater mittlerweile auch einfach zu blöd war. Mir doch egal. Er hatte es verdient.

»Hallo Louis«, begrüßte mich Stefan erwartungsvoll. »Na, alles klar?«

»Alles klar«, versicherte ich, obwohl mir eigentlich die Sache alles andere als klar war. Ich konnte mir plötzlich hundert Mal einreden, dass mir die Reaktion von Borsewig völlig egal sein konnte. Trotzdem hatte ich richtig Schiss.

»Da vorne kommt er«, flüsterte Stefan und nickte in die entsprechende Richtung. »Alle anderen sind auf ihrer Runde um Sachen auszuliefern. Alles ist perfekt.«

Zum Abschied reckte Stefan beide Daumen erwartungsvoll in die Höhe. Verdammt, jetzt konnte ich nicht einfach abhauen, wie ich es sonst immer getan hatte. Wenn es um mich selbst ging, war mir letzten Endes doch egal, ob ich meine Ehre retten konnte oder nicht. Eigentlich konnte ich sie nie retten. Doch heute stand das berufliche Leben meines hilflosen Kollegen auf dem Spiel. Obwohl ich mir das nie vorstellen konnte, hatte ich mit Stefan jemanden gefunden, der noch ärmer dran war, als ich. Tja, ich hatte meine Klappe vielleicht zu weit aufgerissen. Jetzt gab es kein Zurück mehr. Stefan verzog sich mit seinem Handy hinter ein Regal und wollte zur Sicherheit alles mitfilmen, um im Bedarfsfall ein Beweismittel gegen den dicken Lagerleiter zu haben.

»Poppen, du faule Sau«, waren die ersten Worte, die aufgezeichnet wurden. Besser hätte die ganze Sache nicht beginnen können. Jetzt musste nur noch der Betriebsrat, den Stefan um ein persönliches Gespräch an seinem Arbeitsplatz gebeten hatte, zur rechten Zeit auftauchen. Dieser wusste natürlich rein gar nichts von unserem Vorhaben. Da ich Borsewig noch ein wenig in meine Richtung locken musste, damit er auch im Bild der Videoaufnahme war, ignorierte ich schon zum zweiten Mal an diesem Morgen meinen Chef. Für meine Zwecke sehr erfolgreich, wie sein darauffolgender Wutausbruch schließen ließ.

»Du hast mich doch genau gehört, du nichtsnutziges Stück Scheiße«, schrie Borsewig wie am Spieß und schleppte seinen massigen Körper mit viel Mühe durch die Regalreihe. Wenn ich nicht so extrem nervös gewesen wäre, hätte mich sein Anblick mit Sicherheit ein wenig erheitern können. Aber so hielt sich meine Belustigung in Grenzen. Seine maximal erreichbare Höchstgeschwindigkeit war durch die Ausmaße seines Bauches äußerst eingeschränkt. Wäre er schneller gelaufen, hätte sein Vorbau wahrscheinlich so sehr angefangen zu wippen, dass er unkontrolliert davongehüpft wäre. Wie ein Presslufthammer, der plötzlich losgelassen wurde. Oder er wäre einfach nach vorne übergekippt. Bei ihm fehlte nur noch, dass weißer Dampf aus seinen Ohren schoss, um die Persiflage seiner selbst perfekt zu machen.

»Natürlich habe ich sie gehört«, antwortete ich völlig ruhig und leise. Zumindest hatte es von außen betrachtet so ausgesehen. Ich habe mich im Nachhinein selbst, beim Anschauen des Videos, gewundert, wie sehr doch das innere Befinden im Vergleich zur äußeren Erscheinung differieren kann. Und ich war ruhig genug, dass man auf dem Beweisvideo, welches am Ende niemand mehr gebraucht hatte, meine Stimme überhaupt nicht hören konnte. Lediglich Borsewig war zu hören. Und das aber richtig.

»Und warum antwortest du dann nicht, du Penner?«, wollte Benno Borsewig wissen.

»Ich kann mich nicht erinnern, dass sie mir eine Frage gestellt hätten«, entgegnete ich und hantierte ziemlich sinnlos an einer Kiste im Regal herum, ohne zu wissen, was ich da eigentlich tat.

»Jetzt sei mal nicht so frech, du Klugscheißer«, schrie mein Chef immer noch, mit einer zu meinem Leidwesen extrem feuchten Aussprache. »Wenn der Kuchen redet, haben die Krümel bei Fuß zu stehen! Merk dir das!«

»Dann haben die Krümel Pause«, korrigierte ich ihn und traf ihn damit wieder an einem wunden Punkt. Gleich nach dem Ignorieren seiner Anweisungen, hasste er das Verbessern von ständig falsch angewandten Redewendungen am meisten. Den ganzen Tag über versuchte er sie zu benutzen und schaffte es kein einziges Mal, irgendetwas richtig zu formulieren.

»Halt dein dummes Maul!«, kreischte er mittlerweile schon fast hysterisch. Seiner Gesichtsfarbe nach zu urteilen, war sein Blutdruck inzwischen in schwindelerregenden Höhen angelangt. Er stand so nahe vor mir, dass er mit seinem Bauch meinen Bauch berührte. Die Augen quollen gefährlich weit aus seinem kreisrunden Kopf heraus.

»Ich dachte ich soll antworten, wenn sie etwas sagen«, sagte ich so ruhig es mir in dieser Situation möglich war. Für Borsewigs Geschmack war das immer noch um Längen zu gefasst, obwohl ich innerlich schon zitterte. Ich hatte tatsächlich ernsthafte Bedenken, ob seine Haut den inneren Spannungen auf Dauer gewachsen war, oder ob ich im nächsten Moment vielleicht schon seine Innereien auf mich zufliegen sehen würde. Benno Borsewig war in diesem Moment jedenfalls kurz vor

dem Platzen. Wenn ihm noch etwas Beleidigendes eingefallen wäre, das er mir hätte lautstark an den Kopf
werfen können, wäre seine Erregung vielleicht noch zu
reduzieren gewesen. Aber Benno Borsewig war am
Ende seines Vokabulars angelangt. Seine Lippen zuck-
ten, der dicke Hals quoll an wie ein Blasebalg, der vergessen hatte, die gespeicherte Luft wieder abzugeben
und wieder wartete ich auf den Rauch, der vielleicht
doch noch irgendwann aus seinen Ohren pfeifen
würde. Für gewöhnlich machten alle, was er sagte. Auf
jeden Fall war das hier im Lager so. Zu Hause sah das
garantiert anders aus. Ich kam nicht umhin, mir ihn in
diesem Moment in einer gestreiften übergroßen
Schürze, bewaffnet mit einem Staubsauger und Kopftuch, vorzustellen. In meinen Gedanken fegte er damit
durch die Wohnung, während seine Frau mit der Peit-
sche danebenstand. An dieser Stelle konnte ich ein
Grinsen nicht mehr unterdrücken und brachte damit
wohl Bennos Fass endgültig zum Überlaufen. Man
konnte ihm ansehen, dass er gerne noch irgendetwas
dazu gesagt, oder vielmehr geschrien hätte. Mehr als
ein unverständliches Grunzen drang allerdings nicht
aus seiner Kehle. Sein Gesicht hatte die Farbe eines heißen Ceranfeldes angenommen und es fehlte nur noch,
dass ihm jetzt endgültig der Dampf aus den Ohren pfiff.
Den Betriebsrat, der just in diesem Moment das Lager
betrat, hatte er wohl nicht gesehen. Sonst hätte er mich
sicherlich nicht mit beiden Händen am Kragen gepackt

und heftig geschüttelt. Für seine Körpergröße hatte er extrem viel Kraft. Leider. Mit schrillem Gebrüll, das lediglich aus abstrusen Lauten bestand, hob er mich hoch und warf mich in den Gang zwischen die Regale. Der Boden war definitiv härter als ich befürchtet hatte. Wenn im Kino einer aus der doppelten Höhe auf den Boden krachte, stand der immer sofort wieder auf und kämpfte ohne erkennbare Beeinträchtigungen weiter. Ich konnte nicht einmal mehr aufstehen. An Kämpfen war nicht zu denken und mein Rücken fühlte sich an, als ob ein Elefant auf mir gestanden hätte. Und vor allem konnte ich mir nicht erklären, wie das gerade eigentlich technisch machbar gewesen war. Also bei seiner Größe und den kurzen Armen. Na ja, wie auch immer. Benno Borsewig erlebte in seinem Adrenalinrausch seit Jahren wieder einmal wie es ist, sich blitzschnell zu bewegen. Ich hätte nicht wirklich damit gerechnet, dass dieser unförmige Mensch so schnell auf mir sitzen könnte. Mit seinen Knien drückte er meine Arme auf den Boden und holte aus. Borsewig streckte sich soweit er konnte, um jeden Millimeter Beschleunigungsweg für seine gnadenlose Faust ausnutzen zu können. Ich schloss die Augen, wartete auf den Einschlag und beschloss noch im selben Moment, mich in Zukunft einen Scheißdreck darum zu scheren, ob andere Probleme haben oder nicht. Nachdem zwei Sekunden später immer noch niemand mein Nasenbein zertrümmert hatte, öffnete ich vorsichtig das linke Auge.

»Aufhören!«, schrie der Betriebsrat, der die Faust meines Chefs abgefangen hatte. Gleichzeitig packte sogar Stefan mit an, um Borsewig von mir herunter zu wuchten. »Das wird ein Nachspiel haben«, ergänzte der Betriebsrat.

Wie ich nach meiner heldenhaften Aktion hörte, war ihm der ständig pöbelnde Lagerleiter schon lange ein Dorn im Auge gewesen und diese Aktion kam ihm gerade recht. Er hatte sogar vergessen, nach dem eigentlichen Grund für sein Erscheinen zu fragen. Stefan hatte ihm lediglich gesagt, er müsse unter vier Augen mit ihm sprechen.

»Boah«, stöhnte Stefan, nachdem Borsewig zusammen mit dem Betriebsrat unverzüglich in das Büro des Personalleiters zitiert wurde. »Was für ein genialer Plan. Das hat ja absolut perfekt geklappt. Du bist ein Genie.«

»Jetzt übertreib mal nicht«, antwortete ich und winkte deutlich lockerer ab, als mir zumute war. In Wirklichkeit hatte ich furchtbare Angst und war mir im Gegensatz zu meinen Beteuerungen zu keinem Zeitpunkt sicher gewesen, ob der Plan funktionieren würde.

Am nächsten Morgen stand schon eine ganze Traube Mitarbeiter am schwarzen Brett, als ich die Firma betrat. Sie diskutierten lautstark aber unverständlich über den Aushang. Ich kämpfte mich nach vorne und kam nicht umhin, die Sache mit dem Genie nun doch anzunehmen. Und zwar vorbehaltlos.

„Mit sofortiger Wirkung wird Hans Schuster zum Lagerleiter ernannt. Wir wünschen ihm in seiner neuen
Position alles Gute und bitten alle Mitarbeiter ihn tat-
kräftig zu unterstützen.

Gezeichnet: Die Geschäftsleitung."

Scheinbar hatte Stefan die Geschichte vom Vortag in
seiner Abteilung noch vor Arbeitsbeginn lückenlos ver-
breitet. Oder noch am selben Mittag. Das hatte ich
nicht mitbekommen, denn ich wurde zur Erholung von
diesem unangenehmen Zwischenfall erst einmal nach
Hause geschickt. Und wenn ich anfangs davon ausge-
gangen war, dass Borsewig wenigstens ein paar Anhänger in der Abteilung hatte, musste ich zu meiner
Freude feststellen, dass diese auch nur in seinem Fahr-
wasser mitgeschwommen sind, um seinen Gehässigkeiten aus dem Weg zu gehen. Beim Betreten der Abteilung wurde ich gefeiert wie ein Held. Ich kam mir zwar
auch ein bisschen so vor, aber im Vergleich zu meinen
bisherigen Taten war es für mich ja auch nicht sonderlich schwer, mich wie ein Held zu fühlen. Dazu hätte
auch weitaus weniger gereicht. Auf jeden Fall wusste
ich ab diesem Moment, was es heißt, Selbstwertgefühl
zu besitzen. Vielleicht lag es daran, dass ich bisher
überhaupt nichts davon hatte und mich deshalb plötzlich schon fast unverschämt gut fühlte.

Nach Beendigung meines Ferienjobs hatte mich zwar
der Alltag wieder, meine Fans waren ein ganzes Stück
weit von meiner neuen Wirkungsstätte entfernt und

ich musste wieder von vorne anfangen. Aber trotzdem hatte mich diese Zeit persönlich um Lichtjahre nach vorne gebracht.

Ach so, jetzt hätte ich doch fast Benno Borsewig vergessen. Für ihn war mein Ferienjob ebenfalls zu einer bleibenden Erinnerung geworden. Er durfte zwar nach seinem tätlichen Angriff in der Firma bleiben, wurde aber mit neuen und sehr verantwortungsvollen Aufgaben betraut. Ihm fehlte leider der Zugang, um die Wichtigkeit seiner neuen Tätigkeit zu erkennen. Aber schließlich war er als Untergebener des Hausmeisters maßgeblich am Erscheinungsbild der Firma beteiligt. Vielleicht wirkte es sich tatsächlich etwas ungünstig für ihn aus, dass sein neuer Chef vor Jahren in seiner Abteilung angefangen hatte und damals lieber den Job des Hallenreinigers übernahm, als länger unter Borsewig zu arbeiten und zu leiden. Auch er musste feststellen, dass sich der Kreis meistens irgendwann wieder schloss und das nicht zwangsläufig positiv für alle Beteiligten enden würde.

Irgendwann schickte mir Stefan ein kleines Handyvideo, dass einige Zeit später noch einmal das unendlich schöne Gefühl der Genugtuung in mir aufleben ließ.

In der kurzen Szene konnte man erkennen, wie Borsewigs neuer Chef ihn dazu nötigte, irgendetwas aus der Papierpresse heraus zu fischen. Laut Stefans Mail war gänzlich unbekannt, ob Borsewig auch wirklich etwas Falsches hineingeworfen hatte, oder ob ein anderer seine Finger im Spiel hatte. Mitleid verspürte allerdings niemand. Auch nicht, als Borsewig kopfüber in die Papierpresse kullerte.

Kapitel 7 - Belinda Schowanowski

Über Mallorca brannte erbarmungslos die Sonne und selbst an diesem Ort, an dem sie niemand kannte, hatte Belinda Schwierigkeiten, sich Oberteil und Sommerrock auszuziehen und ihren nagelneuen Bikini zu zeigen. Ihr Selbstbewusstsein hatte sich genauso erfolgreich verkrochen, wie das ihres Freundes Louis. Sollte denn die ganze Schinderei im Fitnessstudio nichts gebracht haben? Also in psychischer Hinsicht? Physisch hatte sich einiges getan. Belinda war direkt nach dem Abi zur Intensivsportlerin mutiert. Trotz furchtbarem Muskelkater hatte sie sich durchgebissen. Unter Schmerzen hatte sie immer weiter gemacht, obwohl sie genau das noch kurze Zeit zuvor, als total bescheuert bezeichnete. Schließlich hatte sie ein Ziel vor Augen. Solange bis es sogar Spaß machte. Das war dann allerdings ein Punkt, an dem sie sich nicht mehr ganz sicher war, was ihren Geisteszustand betraf, doch sie ignorierte ihre Bedenken. Irgendwo hatte sie gelesen, dass Sport angeblich vielen Leuten Spaß machte. Warum auch immer. Wahrscheinlich war sie innerhalb kürzester Zeit selbst zu einem Exemplar dieser völlig bekloppten Spezies mutiert, die sie immer nur belächelt hatte. Fast täglich trainierte sie auf ihren Einsatz in Mallorca hin. Körperlich war sie für ihre Verhältnisse extrem weit gekommen, auch wenn sie von den Hungerhaken der Poweraerobicgruppe noch ein ganzes Stück weg war. Aber da wollte sie ja auch nicht hin. Glaubte sie zumindest. Sie bewegte sich in einem Mittelfeld der Gewichtsklassen, das sie aber komischerweise am Pool ihrer Singleanlage alleine verkörperte. Entweder waren die Frauen einfach nur fett, oder aber so dünn, dass man sie besser an eine Leine nahm, wenn der Wind auffrischte. Die männlichen Gäste sahen zum Großteil erheblich anders aus, als im Prospekt ihres Reisebüros. Was ja auch nicht anders zu erwarten war. Sie hoffte nur, dass sie zur Erfüllung ihrer Wünsche nicht ihren ganzen Stolz über Bord werfen und irgendeinen übrig gebliebenen Mittvierziger aufs Zimmer zerren musste.

Sie nahm ihren ganzen Mut zusammen, warf ihre Klamotten auf die Liege und nahm Kurs auf eine Gruppe dicker Frauen an der Hotelbar. In deren Gesellschaft würde sie unglaublich schlank aussehen, dachte sie sich. Umso näher sie der Gruppe kam, desto mehr richtete sich ihr Gang auf. Als sie sich vorstellte, stand sie mit eingezogenem Bauch und prallen Brüsten vor der Weight Watchers Gruppe aus Poppenreuth.

»Hallo«, sagte Belinda freudestrahlend. »Ich bin die Belinda.«

»Aha«, sagte die kernige Dame vor ihr, die noch nicht wusste, was sie von der Situation halten sollte.

Vorsorglich ignorierte sie Belindas ausgestreckte Hand.

»Und was will die Belinda von uns?«

»Äh, also«, stotterte sie und war auf diese Art Antwort überhaupt nicht vorbereitet. Auch wenn ihre Beweggründe die Dicken als erste Anlaufstelle zu nehmen eher niederer Herkunft waren, fühlte sie sich ihnen deutlich näher, als den Dünnen. Immerhin hatte sie selbst noch mit ein paar überflüssigen Pfunden zu kämpfen.

»Ich bin gerade angekommen und kenn hier noch niemanden. Ich dachte, ich könnte mit euch ein bisschen plaudern.«

»Aha«, sagte die Frau vor ihr schon wieder. »Und da hast du gedacht, du stellst dich einfach mal zu Dicken, dass du dünner aussiehst, oder was?«

»Was? Äh, nein. Wie kommst du denn darauf?«, stammelte Belinda und wäre am liebsten im Boden versunken. Mein Gott war das peinlich. Und das dämliche Grinsen, das sie bei ihren Erklärungsversuchen aufsetzte, war ihrer Glaubwürdigkeit auch nicht gerade zuträglich. »Ich bin doch selbst nicht schlank.«

»Nein?«, fragte die Dicke und schaute sie immer noch feindselig an. »Wenn du nicht schlank bist, was sind dann wir?«

Scheiße. Jetzt war astreine Diplomatie gefragt, wenn sie aus der Sache wieder rauskommen wollte. Sie waren ja wirklich alle ziemlich dick, aber das konnte sie so ja nicht sagen.

»Ihr habt einfach noch ein bisschen mehr erotische Nutzfläche als ich«, antwortete Belinda und wartete gespannt auf die Reaktion. Sie war sich ja selbst nicht sicher, ob das jetzt lustig war, oder nicht.

»Habt ihr das gehört?«, fragte die Wortführerin der Frauengruppe in die Runde und Belinda schlug das Herz bis zum Hals. Sie fragte sich bereits, ob es wohl möglich wäre, noch am selben Tag das Hotel zu wechseln.

»Das war gar nicht schlecht«, fügte sie hinzu und plötzlich brach die komplette Schwergewichtsfraktion in schallendes Gelächter aus. Belinda atmete einmal tief durch und packte im Geiste ihren Koffer wieder aus. Sie verbrachte mit ihren neuen Bekannten einen sehr ausgelassenen Tag am Pool. Das ein oder andere Mal kam zwar die Frage in ihr auf, ob das alles nicht vergeudete Zeit sei, aber sie redete sich ein, erst einmal die Lage zu checken und das Nachtleben zu sondieren, bevor sie zum Angriff übergehen würde. Am ersten Tag mussten es ja schließlich auch noch nicht gleich Männer sein. Ein gepflegter Frauenabend hatte auch was für sich. Belinda rechnete nicht einmal ansatzweise mit dem, was am Abend auf sie zukommen würde und stellte sich auf eine gemütliche Schnatterrunde ein.

Der Abend begann mit einem gemütlichen spanischen Essen. Auch wenn man tatsächlich danach suchen musste und die Schnellrestaurants deutlich in der Überzahl waren. In einer deutschen Großstadt gab es wahrscheinlich mehr spanische Restaurants als am Ballermann. Trotz einiger Bedenken, ob das ihren fülligen Freundinnen vielleicht ein Dorn im Auge sein könnte, hatte sich Belinda an diesem Abend extrem aufgebrezelt. Es war unglaublich, was sie mit der richtigen Kleidung aus ihren weiblichen Rundungen herausholen konnte. Falls es hier und da noch eine Stelle gegeben hatte, die nicht optimal von ihrer ziemlich vorteilhaften Kleidung verdeckt wurde, achtete mit Sicherheit trotzdem niemand darauf. Ihr Dekolleté war an diesem Abend jedenfalls die reinste Augenweide. Ein kleiner Wermutstropfen war nur der leichte Sonnenbrand, der sich oberhalb der Bikinizone ausgebreitet hatte.

Anita, so hieß die Weight Watchers Clubchefin der erfolglosen Gruppe, hatte offensichtlich überhaupt kein Problem mit ihren Pfunden. Zumindest ließ sie es sich nicht anmerken. Und Belinda fragte sich, ob sie überhaupt ernsthaft versuchte ihre Fettpolster loszuwerden. Ihre Kleidung war trotz ihres Gewichtes so knapp geschnitten, dass ihre zwei „Melonen", anders konnte man es wirklich nicht beschreiben, gerade so am Herausfallen gehindert wurden. Der Rest der Truppe war mehr oder weniger gut, aber auf jeden Fall extrem mutig gekleidet.

»Wo kommt ihr denn eigentlich her?«, wollte Belinda wissen.

»Poppenreuth«, antwortete Anita, ohne eine Miene zu verziehen.

»Nee, jetzt mal ehrlich.«

»Wir kommen aus Poppenreuth. Den Ort gibt's wirklich. Und so dämlich es sich auch anhört, es hilft ungemein ein witziges Gespräch mit Männern hier anzufangen«, erklärte Anita.

»Echt? Habe ich noch nie gehört. Auf jeden Fall finde ich das schon deshalb witzig, weil ein Freund von mir mit Nachnamen Poppen heißt.«

»Oh je«, sagte Anita mitleidig. »Dann lieber in Poppenreuth wohnen.«

»Wenn es hilft, komme ich heute auch mal aus Poppenreuth«, verkündete Belinda lachend. »Vielleicht klappt es ja dann endlich mal mit einem Mann.«

Im selben Moment zog sie ihr Genick ein und hoffte, dass keiner nachfragen würde. Soviel Glück hatte sie aber leider nicht und alle Köpfe drehten sich gleichzeitig in ihre Richtung und es war wieder einmal Anita, die ziemlich direkt und unverblümt nachforschte.

»Was genau meinst du jetzt damit, dass es dann vielleicht endlich mal mit einem Mann klappt?«

»Ach«, winkte Belinda ab und ihr Sonnenbrand verstärkte sich ordentlich. Sie hatte das Gefühl, von der Stirn bis an den Haaransatz zu glühen. »Das war doch nur so dahergeredet.«

»Soll man lügen?«, hakte Anita nach und Belinda bekam doch tatsächlich ein schlechtes Gewissen, obwohl sie ihre Begleitung ja eigentlich gerade erst kennengelernt hatte. Diese verdammte Erziehung setzte sich scheinbar doch immer wieder durch. Und was hatte sie nun davon? Eine extrem peinliche Situation. Und nur, weil ihr von Anfang an eingebläut wurde, immer die Wahrheit zu sagen. Belinda versuchte noch ein paar Sekunden, die Nachfrage zu ignorieren, doch das genügte schon.

»Das gibt's doch nicht!«, rief Nicole plötzlich aus. »Belinda ist noch Jungfrau.«

Noch bevor sie irgendetwas dazu sagen konnte, entwickelte sich unter den Frauen eine wilde Diskussion, in die sie nicht einmal wirklich mit einbezogen wurde. Belinda wollte gelegentlich auch etwas zu ihrem Schicksal sagen, doch es beachtete sie niemand. Es war eine Mischung aus Mitleid, Verwunderung und Belustigung, was ihr aus dem Wortgewimmel entgegen hallte. Nach mehreren erfolglosen Versuchen einige der an den Haaren herbeigezogenen Vermutungen zu berichtigen, gab sie es auf und lehnte sich zurück. Es war ein komisches Gefühl daneben zu sitzen, während die eigene Vergangenheit von Menschen, die sie nicht einmal kannten, durchleuchtet wurde. Irgendwann wurde das Thema langweilig, das Essen war gegessen und die Partymeile rief immer lauter nach den Willigen am Ballermann. Und von denen gab es genug.

Belinda hatte alleine beim Flanieren über die Promenade mehr Blickkontakte mit Männern, als in den letzten Jahren zusammen. Ein wenig nervös machte sie das schon, aber auf der anderen Seite war es auch sicher kein Problem, ihren ersten One-Night-Stand an Land zu ziehen. Und damit auch gleichzeitig ihr erstes sexuelles Erlebnis. Sie hatte ja schon oft gehört, dass gerade diese One-Night-Stands nicht wirklich prickelnd sein sollten, aber sie musste dringend etwas gegen dieses dumme Gerede machen. Nie mehr wollte sie in einer Situation, wie kurz zuvor beim Essen sein. Dafür würde sie auch in Kauf nehmen, dass ihr erstes Mal eben nicht wie im Bilderbuch sein würde. Doch bis dahin durfte sie noch erleben, wie dicke Frauen völlig ungeniert Männer anmachten. Sie traute ihren Augen nicht, als sie endlich in einer Disco angekommen waren und A-nita mit ihren Freundinnen die Tanzfläche stürmte. Sie hatten keinerlei Angst sich zu blamieren. Und das mussten sie auch nicht haben. Belinda war es schleierhaft, wie man in dieser Gewichtsklasse derart gut tanzen konnte. Sie bewegten sich, als ob sie dabei all ihre überflüssigen Pfunde einfach abschütteln konnten. Es gab auch noch genügend Männer, die ganz offensichtlich darauf ansprachen.   Doch als Belinda sich endlich dazu entschlossen hatte, ebenfalls auf die Tanzfläche zu gehen, erklang plötzlich ein Schmusesong aus den Lautsprechern. Das war doch zum Kotzen. Sie hatte so mit sich gerungen und dann so was. Während sie noch dabei war, sich über sich selbst und die falsche Musik zu ärgern, stellte sich plötzlich ein großer, gutaussehender und braun gebrannter Mann, direkt vor sie. Sie sah zu ihm auf und hatte keine Ahnung, was das jetzt werden sollte. Das war genau der Typ Mann, der eigentlich immer nur einen dummen Spruch für Frauen wie sie übrighatte. Und jetzt forderte sie am Ballermann in einem Partytempel genau so ein Mann ganz förmlich zum Tanzen auf. Sie konnte bei der Lautstärke natürlich kein Wort von dem, was dieser Adonis zu ihr sagte, verstehen, doch das war ja auch egal. Einen Moment später fand sie sich in seinen starken Armen auf der Tanzfläche wieder. Er drückte sie an sich und Belinda versank völlig in diesem wunderbaren Gefühl. Sie tastete während des Tanzens so viele Stellen an seinem Körper ab, wie gerade noch vertretbar war. Und eine war fester, als die andere. Es war eigentlich schon fast ein bisschen zu perfekt. Vor allem, weil schon am ersten Abend alles nach Erfolg auf der ganzen Linie ausgesehen hatte. Irgendwas musste noch kommen. Das war alles viel zu einfach. Obwohl, der Blick zu ihren extrem übergewichtigen Freundinnen auf der Tanzfläche relativierte ihre Bedenken. Wenn sogar die hier einen abbekamen, der nicht ganz nach Quasimodo aussah, sollte sie schließlich erst recht keine Probleme damit haben.

»Sollen wir an der Bar was trinken?«, fragte Adonis nach diesem unglaublichen Tanz. Das extreme Lispeln passte nicht wirklich zu einem Mann seiner Statur, aber gewisse Abstriche musste sie wohl machen. Seine

Aussprache war im Allgemeinen nicht so, wie sie es erwartet hätte. Der Stimmbruch war wohl vollständig an Manfred vorbeigegangen. Seine Stimme war so hoch, wie die eines elfjährigen Sopransängers im Unterstufenchor.

»Nenn mich Manni«, sagte er dann auch noch und Belinda musste nach etwa zehn Minuten weitere Abstriche mache. Manni – womöglich fuhr er auch noch einen Manta mit Fuchsschwanz an der Antenne. Sie zog es allerdings vor, auf diese Frage zu verzichten. Manni war so was von unsicher ihr gegenüber, dass sie plötzlich das Zepter in die Hand nahm, bevor er ihr den Abend kaputt reden konnte. Zum Glück hatte sie schon beim Abendessen ein paar Drinks zu sich genommen, sonst hätte sie den folgenden Satz womöglich nicht einmal gedacht.

»Manni!«, sagte sie zu ihm und schaute ihm dabei tief in die Augen. »Halt einfach die Klappe und küss mich.«

»Äh...«, grunzte Manni und brachte kein Wort über Lippen. Er blieb regungslos stehen und sah Belinda mit großen Augen an.

»Oh Mann«, stöhnte sie. »Muss ich denn alles selbst machen?« Belinda zog Manni zu sich her und zum Glück, war der Kuss wenigstens so, wie sie ihn sich vorgestellt hatte. Belinda zog Manni aus der Disco. Er wusste immer noch nicht, wie ihm geschah. Er zählte wohl zu dem Typ Mann, der trotz eines ansehnlichen Äußeren unter dem Makel seiner Aussprache litt.

Belinda fragte sich, wie er es trotz seiner offensichtlichen Nervosität geschafft hatte, sie zum Tanzen aufzufordern. Immerhin musste sie den ganzen Rest erledigen und auch noch die unvermeidliche Frage stellen.

»Zu mir oder zu dir?«, wollte sie wissen und wunderte sich immer mehr über sich selbst. Was tat sie da eigentlich? Sie hatte noch nie Sex und jetzt schleppte sie hier am Ballermann die Typen ab. Gut, die Mehrzahl war jetzt ein wenig übertrieben. Aber was nicht ist, kann ja noch werden. Zumindest bei dem Tempo, das sie hier an den Tag legte. Innerlich bebte Belinda und wusste selbst nicht, wie lange sie das hier noch durchhalten würde. Es sollte schleunigst etwas passieren, bevor ihr vor Aufregung noch der Kreislauf versagte.

»Äh...«, war schon wieder der Kommentar von Manni, dem es nun völlig die Sprache verschlagen hat. So etwas hatte wohl auch er noch nicht erlebt. Dann waren sie, was das anging, immerhin schon zu zweit.

»Weißt du vielleicht ungefähr, wo du wohnst?«, fragte Belinda und ihre anfängliche Erregung fing schon langsam an, wieder etwas abzuflachen. Aber in ihrer Situation war ihr sogar das egal. Wenn sie den Typen erst mal in der Kiste hätte, würde der schon auftauen und hoffentlich beim Liebesspiel deutlich bessere Qualitäten an den Tag legen, als beim Thema Kommunikation.

»Gummersbach«, antwortete Manni.

Belinda verkniff sich den lauten Schrei, der in diesem Moment unbedingt aus ihrer Kehle dringen wollte. Der würde noch so lange rummachen, bis sie wirklich keine Lust mehr hatte. Das durfte ja wohl nicht wahr sein.

»Ich meinte, in welchem Hotel du wohnst?«

»Ach so«, sagte Manni und schien wenigstens halbwegs seine Sprache wiedergefunden zu haben. »Gleich hier um die Ecke.«

»Gut«, nickte Belinda, nahm ihren ganzen Mut zusammen und machte Manni eine klare Ansage, weil sie befürchtete, er könne ihr die Lust noch komplett verderben, wenn er auch nur noch einmal seinen Mund aufmachen würde. »Du hältst von jetzt an die Klappe und hörst mir genau zu. Wir gehen jetzt zu dir, springen miteinander in die Kiste und danach verschwinde ich wieder. Ohne Adressentauschen und so. Wenn das für dich in Ordnung ist, nicke einfach mit dem Kopf.«

Während Manni schon fast nicht mehr aufhörte zu nicken, fragte sich Belinda, was sie da eigentlich gerade gesagt hatte. War das wirklich sie gewesen? Sie war schockiert. Aber auch das war ihr an diesem Abend egal und schob es auf den Alkohol. Wenn Manni stumm blieb, könnte die Sache vielleicht wirklich noch was werden.

»Du kannst jetzt wieder aufhören zu nicken. Lauf einfach los.«

Er nahm sie an die Hand und irgendwie schien ihm die Tatsache, dass er nicht mehr reden sollte, gut zu tun. Sein Griff war fest und bestimmend und auf dem Weg ins Hotelzimmer arbeitete Belinda hart daran, den

Klang seiner Stimme zu verdrängen. Spätestens als Manni sein Shirt auszog, hatte sie Erfolg damit. Es war echt unglaublich, was sich darunter verbarg. Manni sah wirklich aus, wie aus Stein gemeißelt. Belinda riss sich selbst die Kleider vom Leib, ließ sich auf sein Bett fallen und sah ihm dabei zu, wie er seine Unterhose abstreifte. Mit dem was folgte, hatte Belinda überhaupt nicht gerechnet. Nachdem sich Manni als ziemlich verlangsamt herausgestellt hatte, das geistige Niveau in etwa auf Kniehöhe anzusiedeln war und sein Selbstvertrauen sich zwischendurch am Strand versteckt hatte, ging sie maximal von einem durchschnittlich guten ersten Mal aus. Vielleicht eher noch ein Stückchen unter Durchschnitt. Aber Manni musste scheinbar nur die Fresse halten und plötzlich war alles gut. Anstatt ziemlich plump über die komplett unerfahrene Belinda herzufallen, verwöhnte er sie mit einem Vorspiel der Extraklasse. Mangels Vergleichsmöglichkeiten war ihre Einschätzung nicht wirklich fundiert, doch das juckte sie recht wenig. Hauptsache sie hatte Spaß. Und den hatte sie. Sogar drei Mal.

Kapitel 8 – Louis Poppen (Ich)

Heidelberg. Gestärkt durch die heldenhafte Aktion während meines Ferienjobs, kam ich für meine Verhältnisse schon fast etwas überheblich auf dem Campus an. Die Welt stand mir offen und wartete nur darauf entdeckt zu werden. Endlich. Hier sollte alles anders werden. Nie mehr wollte ich als Underdog am Rande stehen und den anderen beim Spaßhaben zuschauen. Nie mehr wollte ich wehrlos einem Peiniger ausgesetzt sein und vor allem wollte ich nicht mehr pausenlos „Warum immer ich?" fragen müssen.

Als Studiengang hatte ich Psychologie gewählt. Nach Roberts Aktion und seinem Wunsch dieses Fach zu studieren, habe ich mich auch damit beschäftigt und gehofft, dass es vielleicht der Schlüssel für mich wäre, um endlich festzustellen, warum ich mich immer wieder in der Position des Omegarüden befand. Und sonst hörte sich die Sache auch ganz interessant an. Meine Stärken lagen womöglich auch ganz wo anders. Aber das wusste ich ja im Vorfeld sowieso nicht. Wie auch immer, ich stand nun in Heidelberg unter unzähligen Erstsemestern, hatte noch das Hochgefühl durch den Sieg über Borsewig mit hierhergetragen und atmete die Luft der Freiheit. Die Freiheit, endlich das zu tun, was ich wollte. Ohne Einschränkungen durch das Elternhaus und dumme Mitschüler, die mich quälten. Ich wollte Großes erreichen, viel bewegen und noch einmal ganz von vorne anfangen. An einem Ort, an dem mich niemand kannte, konnte es ja nicht so schwer sein, eine völlig andere, als die gewohnte Rolle einzunehmen. Zumindest dachte ich das. Leider hielt dieses einzigartige Gefühl nur bis zu meinem ersten Besuch in der Mensa an. Ich weiß bis heute nicht, an was es lag, aber wahrscheinlich hing mir ein Schild um den Hals, dass nur ich nicht sehen konnte. Und darauf musste so etwas wie „Tritt mich, ich bin ein Idiot", oder „Wenn du schlechte Laune hast, kannst du sie gerne an mir auslassen" gestanden haben. Oder sollte der Mensch sich tatsächlich einen Instinkt bewahrt haben, der mich leider in negativer Hinsicht traf? Den Instinkt, etwas riechen zu können. Umgab mich vielleicht ein Duft, der anderen signalisierte, ich würde dringend nach einem Peiniger suchen, der mir vor einer großen Menschenmenge eine peinliche Situation beschert? Vielleicht würde ich im Laufe meines Studiums darauf eine Antwort bekommen. Aber bis dahin musste ich mich wohl damit abfinden, dass es auch hier einen Thommy gab. Der Thommy aus Heidelberg war ein großer schwarzhaariger junger Mann, der zwar genauso ein Erstsemester war wie ich, aber den Raum betrat, als wäre er der Chef des Hauses. Komischerweise sah ich genau wie viele andere zu ihm hinüber und musste dabei feststellen, dass er umringt von jungen Studentinnen, in meine Richtung nickte. Ich tat es als Zufall ab. Oder als Fehleinschätzung, weil es über diese Distanz ja gar nicht möglich war, genau seine Blickrichtung auszumachen. Doch spätestens als er mir, natürlich völlig unabsichtlich, von hinten in die Haken trat, dass ich über meine eigenen Beine stolperte, war mir klar, wohin sein Blick zuvor gerichtet war. Noch während meines Fluges in Richtung Mensaboden schossen mir so viele Gedanken durch den Kopf. Einer davon war natürlich „Warum immer ich?". Genau den Gedanken, den ich eigentlich für meine gesamte Studienzeit und weit darüber hinaus, nie mehr haben wollte. Ein anderer griff die wohl ewige Position des Omegarüden auf und ein weiterer Gedanke drehte sich um die Portion Spaghetti, in der ich den Bruchteil einer Sekunde später aufschlagen würde. Der Aufprall war zwar nicht sonderlich hart, aber ich hatte plötzlich Unmengen von Tomatensoße in der Nase. Das war zum Kotzen, denn was vom Gaumen als angenehm empfunden wurde, konnte an anderer Stelle ganz anders sein. Vielleicht war das in dieser Situation aber auch ein Vorteil, denn so hatte ich wenigstens das schallende Gelächter um mich herum nur zum Teil wahrgenommen. Meine Sinne waren komplett auf die Geschmacksnerven und die Atemwege konzentriert. Falls es hier so etwas wie eine Campuszeitung geben würde, wäre das sicher etwas für die „Mobbing kann auch Spaß machen" Ecke. Was für ein Start.

Ein halber Tag hatte gereicht, um mich zum Deppen des Campus´ werden zu lassen.

»Was habe ich nur verbrochen?«, fragte ich mich selbst, während ich mein Gesicht mit mehreren Servietten von der Tomatensoße befreite und meine Spaghetti, die zum Glück wenigstens im Teller geblieben sind, zu einem einsamen Tisch in der letzten Ecke trug. Für heute hatte ich definitiv genug vom Kennenlernen meiner Kommilitonen.

»Hey, Poppen!«, rief es dann plötzlich und ich rechnete schon mit dem Schlimmsten. Vor meinem geistigen Auge erschienen Thommy, als mein neuer Nachbar im Studentenwohnheim, Benno Borsewig als psychopathischer Hausmeister und weil das alles noch nicht genug war, bekam ich noch eine spätpubertäre Ganzkörperakne dazu. Doch wie gesagt, zum Glück nur in meiner Fantasie. Die Akne war bisher eine der wenigen Dinge, von denen ich verschont blieb. Wobei ich gerne getauscht hätte. Akne gegen mehr Freunde. Akne gegen Selbstbewusstsein oder Akne gegen Sex. Letzteres war zwar ein Punkt, den außer mir und Belinda niemand wusste, aber komischerweise war mir das wohl auch auf die Stirn geschrieben. Ich weiß nicht, wie oft diese Sache thematisiert wurde und ich mal wieder dastand wie der Idiot aus dem Landschulheim, der auf Belinda gefesselt war. Na ja, wie auch immer. Ich will schließlich nicht dauernd jammern und meine Begegnung in der Mensa stellte sich zumindest langfristig als positiv für mich heraus. Auch wenn dieser Start den ersten Sex nicht gerade näher an mich heranbrachte. Aber es waren ja ein paar Semester, in denen ich vielleicht irgendwo eine Gleichgesinnte mit ähnlichen Defiziten finden könnte.

»Robert, was machst du denn hier?«, fragte ich und wusste im selben Moment, dass es wohl keine dämlichere Frage gegeben hätte. Er war es gewesen, der mein Interesse für Psychologie geweckt hatte.

»Ich bin der Restaurantmanager hier«, antwortete er ungewohnt witzig und setzte sich zu mir an den Tisch. »Du kannst Fragen stellen«, fuhr er fort. »Ich studiere natürlich Psychologie. Was denn sonst?«

»Ich auch«, antwortete ich und Robert schaute mich wieder einmal mit Augen an, die alles und nichts bedeuten konnten. Vielleicht sollte ich ihn nach Gesichtsausdruckstrainingseinheiten fragen. Im Gegensatz zu seinem war mein Gesicht immer ein offenes Buch. Er konnte seinen Blick ganz automatisch der Situation anpassen. Er variierte nach Belieben. Von traurig zu fröhlich. Von energisch zu gelangweilt und was ihm immer am meisten geholfen hat, war seine Fähigkeit von einem Moment auf den anderen, einen völlig wahnsinnigen Blick aufzusetzen. Wie damals, als unsere Klassenschönheit Sabine meinte, ihn anmachen zu müssen. Natürlich nur, um ihn kurze Zeit später vor allen zu verhöhnen. Doch dazu kam sie nicht.

Es bereitete ihr eine diebische Freude, gerade die augenscheinlich benachteiligten Klassenkameraden anzubaggern. Die Ursache, die ihr dabei half, immer wieder zum Erfolg zu kommen, lag wahrscheinlich irgendwo in den Genen der pubertierenden Jungs versteckt, die sich einfach nicht gegen die Erregung wehren konnten. Auch wenn das Ergebnis, und damit der Hohn und Spott absehbar war, schafften die Jungs es nicht, bei ihr kalt zu bleiben. Komischerweise verdünnisierte sich die realistische Selbsteinschätzung, sobald primäre Reize im Vordergrund standen. Wenn sie sich mit ihrem beachtlichen Vorbau, von dem alle in der Klasse träumten, so nah vor ihr Opfer stellte, dass ihre Brüste den anderen berührten, waren diese in der Regel auf verlorenem Posten. Alle, bis auf Robert.

»Hallo Robert, mein Süßer«, säuselte Sabine und stellte sich so nahe, wie es ging vor ihn. Er war außer mir der letzte, der ihr auf der Liste ihrer Opfer noch fehlte. »Was machst du denn heute noch?«

Als er nicht sofort auf ihre Tour ansprang, drückte sie ihre Brust endgültig an seinen Oberkörper und streichelte dazu noch seinen Arm. Roberts Gesichtsausdruck blieb unverändert. Er blinzelte nicht einmal. Stattdessen schaute er ihr stumm in die Augen. Solange, bis sie anfing, nervös zu werden. Doch aufgeben konnte sie in dieser Situation nicht mehr. Schließlich hatte sie allen Freundinnen von ihrem Vorhaben, Robert zu verarschen, erzählt. Und sie war ja nicht umsonst das It-Girl der Klasse. Sie hatte einen Ruf zu verlieren und das wollte sie mit allen Mitteln verhindern. Was sich leider als Fehler herausstellte.

»Was ist denn los, Robert?«, fragte sie ihn und konnte ihre Aufregung dabei allerdings nicht mehr verbergen. »Hat es dir die Sprache verschlagen? Oder traust du dich nicht, etwas mit mir zu unternehmen?«

Robert konnte die Nervosität anderer Menschen meilenweit gegen den Wind riechen. Er musste irgendein Organ oder einen Sinn haben, den ich definitiv nicht hatte. Außer an bodenseegroßen Schweißrändern unter den Achseln, bemerkte ich bei niemandem etwas. Und dabei fragte ich mich erst noch, ob der Arme vielleicht extrem am Schwitzen war, weil er sich kurz zuvor furchtbar angestrengt hatte. Manchmal dachte ich, dass Robert vielleicht so etwas wie ein Cyborg war. Er konnte äußere Einflüsse schneller verarbeiten und in Reaktionen umwandeln, als ich überhaupt etwas wahrnahm. So spürte er auch die Schweißtropfen von Sabine, bevor diese sich durch die Haut gearbeitet hatten und versetzte sie im nächsten Moment völlig ohne Vorwarnung in Angst und Schrecken. Womöglich hatte sie bis in alle Ewigkeit mit den Spätfolgen ihres Jugendtraumas, das sie in Form von Robert heimsuchte, zu kämpfen. Robert starrte ihr immer noch in die Augen. Ganz langsam beugte er sich zu ihr nach vorne und näherte sich mit seinen Lippen ihrem rechten Ohr. In diesem Moment konnte er deutlich den Schweiß pubertierender Mädchen riechen, der eine ganz eigene Duftnote hatte. Während Robert sprach, konnte Sabine seinen Atem auf ihrer Haut spüren. Es war, als legte sich ein Hauch Wahnsinn auf ihre Wange.

»Wenn du willst, kannst du mich heute Abend begleiten. Auf dem Waldfriedhof gibt es eine verlassene Gruft, von der so gut wie niemand weiß. Letzte Woche war ich mit Lara dort.«

Für sich alleine betrachtet waren die Worte nicht wirklich schlimm, die Robert gewählt hatte. Es gab weder dieser Gruft, noch trieb er sich nachts auf Friedhöfen rum. Der Grund, warum Sabine den Rest des Tages nichts mehr sprach und stoisch an die Wand starrte, war ein anderer. Vor einer Woche geisterte die Meldung von der verschwundenen Lara K. durch alle Gazetten und sozialen Netzwerke und war natürlich auch Thema in der Schule gewesen. Selbst Sabine hatte das Verschwinden der Jugendlichen registriert, obwohl sie dem Halt ihrer Haare weitaus mehr Beachtung geschenkt hatte. Und hätte sie, wie ihre Deutschlehrerin ihr regelmäßig angeraten hatte, etwas häufiger in die Tageszeitung geschaut, hätte sie an diesem Morgen gelesen, dass Lara nur ausgerissen und am Tag zuvor wieder aufgetaucht war. Robert sprach immer mit Bedacht und hatte auch in diesem Moment nur mit Hilfe von Sabines mangelndem Interesse an ihrer Umwelt, deren Überlegungen in die von ihm gewünschte Richtung gelenkt. Sie war so überzeugt davon, einem Psychopathen gegenüberzustehen, dass sie seine Aussage nicht einmal hinterfragte. Und so kam es dann auch, dass sie das Verschwinden von Lara unweigerlich mit Robert in Verbindung brachte und lange Zeit mit diesem Erlebnis zu kämpfen hatte. Trotz allem war sie zu stolz, um mit irgendjemandem darüber zu reden, verweigerte sich auch weiterhin der lokalen Presse und hatte von diesem Moment an jeden Tag Angst. Angst vor Robert, der in ihren Augen ein gemeingefährlicher Irrer war. Sie hatte so viel Angst, dass sie niemals auch nur ein Wort darüber verlor. Sie verließ sogar zum Halbjahr die Schule - aber das nur am Rande. Ich war glücklicherweise in der Position darüber lachen zu können, weil Robert sich ja schon in der Schule für mich eingesetzt hatte. Und so hoffte ich auch hier auf seine Unterstützung. Auch wenn er immer noch diesen Blick, den ich nicht deuten konnte, aufgesetzt hatte.

»Gut«, war seine knappe aber erlösende Antwort. Obwohl ich es ja besser wusste, konnte auch ich mich nicht dagegen wehren, ab und an Roberts Geisteszustand anzuzweifeln. »Wenigstens ein bekanntes Gesicht hier auf dem Campus. Ich werde dem Idioten, der gerade für deinen prächtigen Einstand gesorgt hat, einen kleinen Besuch abstatten. Aber in Zukunft lässt du gefälligst nicht mehr alles mit dir machen. Ich habe keine Lust, ständig deinen Aufpasser zu spielen.«

Robert wartete nicht auf eine Antwort von mir und ging einfach davon. Er fragte nicht, ob ich seine Hilfe überhaupt wollte, aber ich hätte mich wohl auch nicht dagegen gewehrt. Robert ging ohne Umwege zu diesem Proleten an den Tisch. Der saß mit drei Frauen zusammen, die gerade dabei waren, ihn für seine Heldentat zu bewundern. Robert packte seinen linken Arm und drehte ihn über den Rücken. Von Weitem sah es aus wie ein Polizeigriff, aber erkennen konnte ich nicht genau, was er da tat. Allerdings konnte ich das schmerzverzerrte Gesicht meines Peinigers für einen Moment sehen und gleich darauf sprangen seine weiblichen Fans vom Tisch auf und blickten mit bestürzten Gesichtern auf das Geschehen vor ihnen. Ich konnte noch sehen, dass Robert ihm etwas ins Ohr flüsterte. Gleich danach verdrehte er den Arm des Idioten noch etwas weiter und drückte dessen Kopf mit der anderen Hand in den Teller. Robert war echt ein Phänomen. Ich hatte keine Ahnung, wie er das machte. Der andere sah eigentlich deutlich kräftiger aus und trotzdem konnte er sich nicht wehren. Als Robert von ihm abließ, reichte er ihm noch eine Serviette und ging davon, als ob nichts gewesen wäre. Er handelte auch immer, ohne großes Aufsehen zu erregen. Robert war fast lautlos, wenn er so etwas machte. Wahrscheinlich war es auch genau das, was ihn so furchteinflößend erscheinen ließ. Leider hat er mir nie erzählt, was er diesem Typen ins Ohr geflüstert hatte, wobei ich gar nicht weiß, ob ich das überhaupt hören wollte. Danach hatte ich jedenfalls Ruhe und ich betete darum, die Unterstützung von

Robert wirklich nicht mehr zu brauchen. Irgendwie war mir das schon peinlich. Ich meine, gerade Robert war immer da. Wir waren doch eigentlich gar keine Freunde. Oder etwa doch? Ich hatte keine Ahnung.

Kapitel 9 - Belinda Schowanowski

Auch Belinda wagte nach ihrem phänomenalen Mallorca Urlaub den Schritt in ein neues Leben. Sie hatte zwar kurz mit dem Gedanken gespielt, sich auf Malle niederzulassen, als sie nach Manni gleich noch einen extrem gutaussehenden Mann kennengelernt hatte. Gab dann aber dem Über-Ich in Form ihrer Mutter, die ihr pausenlos und ohne anwesend zu sein ins Gewissen redete, nach. „Du musst was Anständiges lernen, mein Kind", hörte sie ihre Mutter immer wieder rufen. Es war, als hätte diese sich auf die höchste Erhebung der Alpen gestellt und würde die Moral mithilfe eines Megafons nach Mallorca schreien. Im Nachhinein betrachtet war sie natürlich dankbar dafür.

Als sie in den Armen eines braun gebrannten Spaniers in dessen Finca lag, war das allerdings anders. Sie hätte ihrer Mutter an die Gurgel gehen können. Wahrscheinlich wäre sie nicht einmal auf dem Mond vor ihr sicher gewesen.

Miguel war ihr zweiter Urlaubsflirt und ihr zweiter Sex. Besser gesagt ihr vierter Sex. Die ersten drei Mal hatte sie ja mit Manni. Und das war schon besser gewesen, als jede Erwartung, die sie an diesen Urlaub gestellt hatte. Miguel besaß ein kleines Restaurant am Ende der Strandpromenade. Etwas abseits vom Trubel, zumindest wenn man am Ballermann von abseits sprechen konnte. Entgegen den Ratschlägen ihrer Freundinnen und ihres Credos verbrachte sie gleich drei Tage und Nächte bei Miguel. Übernachten, Nummern tauschen und sonstige Verbindlichkeiten waren eigentlich tabu. Sie hatte sich auch fest vorgenommen, sich nicht zu verlieben und war kurz davor es doch zu tun. Es war für Belinda eine wahnsinnige Überwindung, der Verlockung des süßen Lebens zu widerstehen. Sie wusste nicht mehr, ob der imaginär erhobene Zeigefinger ihrer Mutter oder ihre eigene Vernunft am Ende dafür verantwortlich war, dass sie sich ohne ihre Adresse zu hinterlassen, mitten in der Nacht verdrückt hatte.

Während sie mit hängenden Schultern zurück in ihr Hotelzimmer ging, versuchte sie sich immer wieder etwas einzureden, um ihre Entscheidung zu rechtfertigen. Sie sagte sich, dass es im Winter hier sicher auch kalt sein würde. Und vor allem langweilig. Wahrscheinlich würde sie nach den ersten zwei angenehmen Wochen von der Familie zur Mitarbeit im Restaurant gezwungen und spätestens vor dem nächsten Sommer hätte sie wohl heiraten müssen. Dass ihr Spanier irgendwann sicher furchtbar fett und hässlich werden würde, erschien ihr aber auch nach unzähligen Versuchen es sich einzureden, als ziemlich unrealistisch.

Mit einem ganzen Seesack voller Erinnerungen und reichlich positiver Energie stand sie dann am Anfang des Semesters, genau wie ihr Freund Louis, auf dem

Campus und atmete die Luft der großen weiten Welt in vollen Zügen ein. Hamburg war vielleicht nicht wirklich die Welt, aber immerhin ein ganzes Stück von zu Hause entfernt. Sie war voller Erwartungen und gleichzeitig hochgradig nervös. Sie dachte unentwegt darüber nach, welche Abenteuer wohl hier auf sie warten würden. Das Studium an sich war in diesem Moment fast ein wenig in den Hintergrund gerückt. Seit der vierten Klasse wollte sie Lehrerin werden. Die Beweggründe dafür änderten sich im Laufe des Älterwerdens regelmäßig, aber der Wunsch blieb immer derselbe. Egal, ob sie eine gute oder weniger gute Lehrerin werden sollte, war eine Sache ihr höchstes Ziel. Sie wollte darauf achten, dass in ihren Klassen niemals Kinder so offensichtlich von anderen gequält werden, wie das bei ihr und Louis der Fall war. Ihren Lehrern musste es ziemlich egal gewesen sein, was passierte, nachdem der Pausengong ertönte. Ihre Beschwerden wurden regelmäßig als Bagatellen abgetan und irgendwann hörte sie auf, sich zu wehren. Sie wollte einfach warten, bis es vorbei war.

Als sie auf dem Campus in Hamburg stand, dachte sie, es wäre vorbei. Aber das war ein Wunschgedanke, als sie nach der ersten Vorlesung mit Katharina, Franzi und Lea zusammenstand. Im ersten Moment freute sie sich über die schnelle Kontaktaufnahme und die Tatsache, dass es sich bei den drei Mädels ganz offensichtlich um eine Truppe von weiblichen Alphatieren handelte.

Doch schon nach kurzer Zeit stellte sich heraus, dass deren Hauptbeschäftigung aus Lästereien und Selbstbeweihräucherung bestand. Belinda war es ein Rätsel, wie man mit so einem Charakter Lehrerin werden wollte. Aber andererseits würde dies Vieles von dem erklären, was sie erlebt hatte. Belinda startete genau einen Versuch, die Premiumclique von diesem Weg abzubringen.

»Ihr könnt doch nicht über alle schlecht reden, die von der Natur benachteiligt wurden«, warf sie ein, als Lea gerade eine Kommilitonin wegen des minimalen Ansatzes eines Buckels mit dem Glöckner von Notre Dame verglich. Belinda wurde sofort von drei Augenpaaren fassungslos angestarrt. Sie machten keineswegs den Eindruck, als würden sie ernsthaft nachdenken. Im Gegenteil.

»Und warum nicht?«, wollte Lea wissen.

»Weil man das nicht macht«, antwortete Belinda und wusste im selben Moment, dass sie zukünftig wohl doch nicht zu den It-Girls gehören würde. Und auch gar nicht gehören wollte.

»Ohhhh«, sagten alle drei in einem völlig überzogenen, mitleidigen Tonfall. »Ist unsere Belinda eine kleine Weltverbesserin? Oder hast du Mitleid, weil du Angst hast, wegen deines Übergewichts auch benachteiligt zu sein?«

Belinda sagte erst mal gar nichts. Ihr schossen unzählige Gedanken durch den Kopf. „Warum immer ich"

war auch mal wieder dabei, weil sie schon darauf wartete, dass weitere gemeine und unqualifizierte Kom-
mentare kamen.

Sie fand das alles so ungerecht. Sie wollte ja nicht, dass
irgendwer sie für ihre Figur bewunderte, die sie nach
qualvollen Stunden im Fitnessstudio wenigstens in die
Kategorie „normal" einstufen würde. Schließlich hatte
hier ja auch keiner den Vergleich, wie sie früher war.
Was ja auch völlig egal war. Konnte es tatsächlich sein,
dass man nur aus Haut und Knochen bestehen durfte,
um nicht angreifbar zu sein? Oder nahmen sich die Hy-
änen dann andere Dinge vor? Dann würde es vielleicht
die Brille, der falsche Mantel oder die Frisur sein. Es war
einfach zum Mäusemelken. Diese jungen Frauen dis-
kriminierten andere Menschen schon alleine aus dem
Grund, weil sie wohl das Glück hatten, in ein reiches
Elternhaus geboren worden zu sein.

Sie konnte es drehen und wenden, wie sie wollte. Es
brachte sie keinen Schritt weiter. Sie war noch nicht
einmal richtig angekommen und schon wieder war es
absehbar, dass sie in ihrer Studienzeit erneut bei den
Außenseitern zu finden sein würde. Aber wollte sie lieber zu diesen Zicken gehören? Wie lange würde sie deren Gehabe wohl ertragen können, um dabei zu sein?
Sie war noch in ihren Gedanken vertieft, als Katharina
ihren Senf dazu abgab.

»Frag doch, ob Quasimodo dein Freund werden will«,
sagte sie grinsend und ihre Freundinnen verfielen

einem Lachanfall. Belinda ärgerte sich gar nicht so sehr über diesen Satz an sich. Das Schlimme daran war, dass solche Menschen wirklich irgendwann auf kleine Kinder losgelassen werden.

»Freundin«, antwortete Belinda und Katharina schaute sie fragend an. »Der Mensch, den du Quasimodo nennst, ist eine Frau und würde somit eine Freundin sein. Aber solche Kleinigkeiten sind ja für so unglaublich wichtige Persönlichkeiten wie dich, nicht von Belang.«

»Klugscheißer«, blaffte Katharina.

»Klugscheißerin«, verbesserte Belinda und fügte zufrieden hinzu, nachdem sie eingesehen hatte, dass diese drei Menschen wohl zu den dümmsten auf dem Campus zählten. »Und auf solche eingebildeten Schnepfen wie euch kann ich gerne verzichten. Ihr wisst doch gar nicht, was Freundschaft ist. Wahrscheinlich haben euch eure Eltern noch mit ihren Beziehungen eine nette Wohnung in der besten Wohngegend besorgt, damit ihr auch weiterhin vom echten Leben ferngehalten werdet und eure kleinen Hirne alleine auf das Studium konzentrieren könnt. Aber wem erzähl ich das eigentlich. Das ist ja auch nicht anders, als würde ich einen Baum bitten Platz zu machen, damit ich besser einparken kann. Bevor ihr versteht, was ich damit sagen will, fällt wahrscheinlich ein Montag auf einen Dienstag.«

Mit irgendetwas musste sie wohl direkt ins Schwarze getroffen haben. Der Baum wird's wohl nicht gewesen sein, also tippte sie auf die Wohnung. Oder sie waren einfach zu doof, um überhaupt irgendwas von dem, was sie sagte, zu verstehen. Eine Antwort kam jedenfalls nicht. Stattdessen starrten sie nur dumm in Belindas Richtung. Sie schüttelte den Kopf, lief davon und fragte sich, warum so viele Menschen, sie selbst eingeschlossen, einen solchen Drang verspürten, den Menschen nahe zu sein, die scheinbar im Mittelpunkt standen. Und bei diesen drei Exemplaren gab es nicht einmal einen offensichtlichen Grund dafür, außer ihr überhebliches Auftreten.

Belinda hakte die It-Girl-Clique ab und setzte sich auf eine Bank, direkt neben Quasimodo. Sie hatte sich zwar fest vorgenommen, endlich mal nicht zu den Losern zu gehören, aber vielleicht hatte sie Glück und wachte in einem Märchen wieder auf, in dem die Rollen vertauscht waren. Oder in einer Geschichte, in der sie ihre Ruhe und wenigstens eine beste Freundin hatte. Belinda lehnte sich zurück, schloss die Augen und atmete tief durch. Eigentlich war dieser Tag viel zu schön und zu aufregend, um sich über so dämliche Hühner zu ärgern. Vielleicht ging es ihrer Banknachbarin ja ähnlich, oder sie hatte es noch schwerer, als sie selbst. Das war zwar recht unwahrscheinlich, doch immerhin lag es im Rahmen des Möglichen.

»Hallo!«, sagte Belinda völlig unvermittelt. Quasimodo zuckte zusammen und verschüttete vor lauter Schreck einen Teil ihres Kaffees. »Entschuldigung«, fügte sie sofort hinzu.

»Nicht schlimm. Ich weiß gar nicht, warum ich so erschrocken bin. Ich muss irgendwie in Gedanken gewesen sein.«

»Ich bin Belinda.«

»Ich heiße Sarah.«

Sarah war offensichtlich ziemlich schüchtern und wohl noch ein ganzes Stück unsicherer als Belinda. Machte aber auf den ersten Blick einen sehr netten Eindruck und vielleicht könnte ja wirklich eine Freundschaft entstehen. Belinda war zumindest guter Dinge und musste innerlich grinsen, als Sarah ihre dünne Sommerjacke auszog und sich der Buckel als die zusammengeknüllte Kapuze ihres Hoodys entpuppte.

Die Temperaturen überstiegen an diesem sonnigen Spätsommertag noch einmal ganz locker die Zwanziggradmarke. Wie das Wetter seigerte sich jetzt auch Belindas Laune wieder deutlich. Es schienen zum Glück nicht alle Kommilitonen doof zu sein.

»Du willst auch Lehrerin werden, oder?«, fragte Belinda.

»Ja«, antwortete Sarah verwundert. »Sag bloß, ich bin dir aufgefallen.«

Belinda beschränkte sich auf ein Lächeln und behielt den Grund, der unberechtigterweise für den

Spitznamen Quasimodo gesorgt hatte, für sich. Vielleicht würden sie ja zu einem späteren Zeitpunkt gemeinsam darüber lachen können.

Kapitel 10 – Thommy

Thommy hatte eine bewegte Jugend. Viel bewegter als er sich das gewünscht hatte. Die Verantwortung, die von einem Moment auf den anderen auf seinen Schultern lastete, hatte ihn verändert. Er wurde über Nacht erwachsen. Er kümmerte sich aufopferungsvoll um seine kranke Mutter. Thommy schuftete bei seinen Zweitjobs teilweise bis zur körperlichen Erschöpfung, jammerte seiner Mutter gegenüber aber nie. Durch ihren Sieg über den Krebs hatte auch Thommy einen Sieg erkämpft, der mehr Wert war, als alles zuvor in seinem Leben. Er hatte geholfen, ohne dabei an sich zu denken. Was ihn natürlich über Nacht nicht zu einem barmherzigen Samariter machte, aber er wollte etwas Sinnvolles mit seinem Leben anfangen. Getrieben von dem Wunsch auch beruflich etwas Wertvolles zu tun, entschied er sich für eine zweite Ausbildung als Rettungssanitäter und fand in dieser Tätigkeit seine Berufung. Er war gewissenhaft, ehrgeizig, kollegial und jedem anderen Gegenüber hilfsbereit. Das ging alles gut, bis Thommy irgendwann eine Frau bei der Arbeit kennenlernte.

Julia war aber nicht irgendeine Frau. Sie war eine Notärztin, die regelmäßig bei seinen Einsatzfahrten dabei war. Eigentlich tabu, aber sie war einfach zu schön.

»Sollen wir vielleicht mal zusammen nach der Arbeit was trinken gehen?«, fragte Thommy und ertappte sich dabei, dass ihn alleine die Tatsache nervös machte, eine Ärztin nach einem Date zu fragen. Auch wenn er es nie für möglich gehalten hätte, imponierte ein gewisser Berufsstand scheinbar doch. Früher hatte ihn eine Frau nie nervös gemacht. Gut, er musste sich selbst eingestehen, dass es früher eher Mädchen und keine Frauen waren und seit der Sache mit seiner Mutter die weiblichen Eroberungen eher selten waren. Aber trotzdem musste er bei diesem Gedanken den Kopf schütteln.

»Hast du es dir schon anders überlegt, bevor ich geantwortet habe oder warum schüttelst du den Kopf?«, fragte Julia.

»Was? Ach so. Nein, natürlich nicht«, stotterte Thommy jetzt auch noch, was ihn noch nervöser machte.

»Gut, dann können wir von mir aus gleich heute was zusammen machen. Ich habe Zeit nach der Arbeit.«

»Super«, frohlockte Thommy und ärgerte sich gleichzeitig, seine Freude so offen gezeigt zu haben. Das war in seinen Augen völlig uncool. Er war doch immer noch die coole Sau von früher. Oder etwa nicht? Ganz sicher war er sich nicht. Aber er verdrängte den Gedanken schnell wieder und freute sich eben innerlich weiter.

Thommy gab sich nach der Arbeit mit seinem Styling noch mehr Mühe als sonst. Schließlich wollte er für das Date mit der Ärztin unwiderstehlich aussehen.

»Verbrenn´ dir da mal nicht die Finger«, warnte ihn ein Kollege, der schon ziemlich lange beim Rettungsdienst war.

»Wie meinst du das?«, fragte Thommy und konnte sich die Anspielung nicht erklären.

»Nur so«, antwortete Kai lachend und lief davon.

»Gibt's irgendwas, das ich wissen sollte«, hakte Thommy nach und hielt Kai am Ärmel fest.

»Du weißt es wirklich nicht, oder?«

»Ich habe keine Ahnung, wovon du sprichst.«

»OK, dann will ich dich mal erleuchten.«

»Ich bin gespannt«, sagte Thommy und war wirklich gespannt wie das Drahtseil einer Hundertmanngondel zwischen zwei Bergspitzen.

»Julia ist die Frau des Chefs.«

»Was?«, fragte Thommy erschrocken. »Die ist mit Markus verheiratet?«

»Quatsch«, winkte Kai ab. »Sie ist mit Baumann verheiratet.«

»Sie heißt aber nicht Baumann«, entgegnete Thommy und startete den ersten und letzten Versuch die erschütternde Wahrheit wegzudiskutieren.

»Na und? Seit wann muss man denselben Namen haben, wenn man heiratet?«

»Scheiße«, stöhnte Thommy. Baumann war nicht sein direkter Chef, sondern der Chef aller Rettungseinheiten der Stadt. Der Oberfuzzi also.

»Da hast du echt ´nen Volltreffer gelandet«, grinste Kai und konnte seine Schadenfreude nicht verbergen. Jeder war irgendwie scharf auf Julia. Aber sie war eben Tabu. Thommy wusste das dummerweise nicht, weil er erst vor Kurzem die Dienststelle gewechselt und daher in die intimen Debatten der Kollegen nur sehr zögerlich mit eingebunden wurde.

»Scheiße«, sagte Thommy noch einmal und wusste nicht so recht, wie er mit der Situation umgehen sollte.

»Jetzt mach dir mal nicht gleich ins Hemd. Nach der Arbeit ´was trinken gehen ist ja noch kein Kündigungsgrund.«

»Auch wieder wahr.«

Thommy war trotzdem extrem nervös, als er mit Julia die Kneipe um die Ecke betrat und sich an der Theke niederließ. Früher war er der Draufgänger schlechthin gewesen und jetzt wäre er am liebsten davongelaufen. Dummerweise entpuppte sich Julia in ihrem After-Work-Outfit als noch schärfer. Obwohl Thommy hätte schwören können, dass sie in überhaupt nichts besser aussehen könnte, als in ihrem Arztkittel. Sie saß ihm gegenüber, leicht nach vorne gebeugt, und er hatte Mühe ihr in die Augen und nicht auf ihr atemberaubendes Dekolleté zu schauen. Seidig glatt war ihre Haut.

Und das nicht nur im Gesicht. Die Wölbungen ihrer Brüste, die sich bei jedem Atemzug ganz leicht über ihre knallenge Bluse hoben, ließen ihn zusammen mit dem kontinuierlich steigenden Alkoholgehalt in seinem Blutkreislauf irgendwann vergessen, dass sie mit seinem obersten Chef verheiratet war. Dann fing sie im Laufe des Abends doch tatsächlich an, heftig mit ihm zu flirten. Entgegen seinen Vorsätzen ließ er sich voll darauf ein.

»Scheiß drauf«, sagte er sich nach dem vierten Drink und hielt sich dann auch nicht mehr zurück. Julia war zwar ein ganzes Stück älter als er, aber sie schien wohl auf jüngere Männer zu stehen. Geheiratet hatte sie einen älteren Mann und für zwischendurch schaute sie sich vielleicht nach etwas Frischfleisch um. Glaubte Thommy jedenfalls. Was ihm aber auch ziemlich egal war. Ab diesem Moment ließ er sich treiben und wollte mitnehmen, was der Abend für ihn noch bereithalten würde. Und das sollte einiges sein.

»Bringst du mich noch nach Hause?«, fragte Julia nach etwa vier Stunden an der Theke.

»Selbstverständlich«, antwortete Thommy und hatte leichte Probleme dieses Wort sauber auszusprechen. Das „s" hielt er deutlich länger als normal und auch das „st" war etwas verwaschen. Aber Julia fiel das gar nicht auf. Ihr Zustand war kein bisschen besser als seiner. Sie wohnte nicht weit entfernt und die beiden machten sich zu Fuß auf den Weg.

»Was für ein Abend«, sagte sie. »Ich glaube ich bin betrunken.«

»Das macht überhaupt nichts«, antwortete Thommy mit schwerer Stimme und legte instinktiv den Arm um sie. »Geht mir auch nicht anders.«

Sie legte ihren Kopf an seine Schulter, schmiegte sich an ihn und veränderte diese Position den Rest des kurzen Weges auch nicht mehr. Es sah zwar ziemlich unrund aus, wie die beiden die Straße entlang schwankten, aber der Körperkontakt war wichtiger als die Haltungsnote. Bei Julia angekommen, ging Thommy eigentlich noch davon aus, der Abend wäre an dieser Stelle zu Ende.

»Dann sag ich mal Gute Nacht«, lallte Thommy und wollte sich schon verabschieden, als Julia seinen Arm packte.

»Mein Mann ist eh nicht da. Der ist eigentlich nie da. Komm doch noch auf 'nen Absacker mit rein.«

»Ich glaube, das ist keine gute Idee«, antwortete Thommy und startete damit den einzigen Versuch dem drohenden Unheil zu entgehen.

»Das ist sogar eine ganz ausgezeichnete Idee«, hielt Julia dagegen, packte ihn an der Hand und zog Thommy mit sich. Soweit er noch einigermaßen sehen konnte, war das eine gigantische Wohnung. Topmodern und alles sah furchtbar teuer aus. Aber was hatte man davon, wenn die Frau sich junge Lover mit nach Hause brachte, während man selbst nicht da war? Gar nichts.

Er dachte noch einmal kurz über diese Situation nach, suchte irgendwo nach dem Anflug eines schlechten Gewissens, fand keines und kam zu dem Entschluss, dass ihm das alles eigentlich scheißegal sein konnte. Der Idiot ist schließlich selbst schuld, wenn er so eine Hammerfrau ganz offensichtlich vernachlässigte. Er hatte es einfach nicht anders verdient. Thommy lehnte sich an die Theke am Ende der Küche und sah Julia zu, wie sie zwei Gläser Wein einschenkte. Das eine drückte sie ihm in die Hand. Sie nippte kurz am anderen, stellte es auf die Theke und machte sich ohne Umschweife daran, Thommy den Gürtel zu öffnen. Er war so überrascht, dass er sich beinahe verschluckt hätte. Sicherheitshalber stellte er sein Glas zu dem von Julia und schaute ihr gebannt dabei zu, wie sie sich vor ihn kniete und seine Hose öffnete. Sie verwöhnte ihn nach allen Regeln der Kunst und er war froh, so viel Alkohol getrunken zu haben. Ansonsten wäre er wahrscheinlich schon fertig gewesen, bevor Julia richtig angefangen hätte. Sie stand wieder auf und riss sich selbst die Kleider vom Leib. Thommy hob sie hoch, setzte sie auf den Küchentisch, wo sie normalerweise mit ihrem Mann frühstückte und erlebte eine Ärztin, die nach Feierabend ihr Handwerk wohl noch besser verstand. Als Thommy fertig war, gönnte sie ihm keine Atempause. Sofort brachte sie ihn wieder in Stimmung und er fühlte sich wie im siebten Himmel. Zumindest bis Julia auf einmal das Knacken des elektrischen Garagentores wahrnahm und ihm mit einem Finger auf den Lippen andeutete, ruhig zu sein. Dann konnte Thommy es auch hören.

»Verdammt«, zischte er. »Ich dachte dein Mann kommt heute nicht mehr.«

»Das dachte ich auch«, flüsterte Julia. »Los, nimm deine Sachen und verschwinde durch die Terrassentür.«

Thommy machte, so schnell er konnte, denn auf ein Treffen mit dem Chef hatte er heute definitiv keine Lust mehr. Er zog sich nur seine Unterhose über, packte den Berg Klamotten und rannte in den Garten. Gerade noch rechtzeitig. Im Schutz eines Gartenhauses zog er sich komplett an und schaute dabei immer wieder zu Julia ins Haus. Die Begrüßung war normal - glaubte er jedenfalls. Julia musste Übung mit solchen Situationen haben, denn sie war so schnell angezogen und hatte die Haare recht ordentlich zu einem Pferdeschwanz gebunden, dass es schon fast unheimlich war. Scheinbar hatte der Alkoholgehalt in seinem Blut den Platz mit Adrenalin getauscht. Er war im Bruchteil einer Sekunde wieder klar in der Birne.

»Puh, das ist ja gerade noch einmal gut gegangen«, sagte Thommy zu sich selbst und tastete dabei nach seinem Portemonnaie. »Scheiße«, fluchte er im nächsten Moment. »Scheiße, Scheiße, Scheiße.«

Der Geldbeutel war ihm wohl aus der Hosentasche gerutscht, als er seine Sachen in Windeseile zusammengerafft hatte. Gerade als er hoffen wollte, dass Julia ihn zuerst finden würde, konnte er durch die Scheibe im hell erleuchteten Haus sehen, wie ihr Mann sich bückte und etwas aufhob, dass verdammte Ähnlichkeit mit seiner Brieftasche hatte. Sein Blick streifte sofort durch das Fenster in Richtung Garten und Thommy duckte sich, obwohl er ja eigentlich genau wusste, dass Julias Mann nicht vom hellen Haus in den dunklen Garten sehen konnte.

In den nächsten Tagen kam dann alles, wie es kommen musste. Julia wurde von ihrem Mann, der ihre Qualitäten ja mit Sicherheit sehr gut kannte, verziehen und in der Rettungsstelle wurde ein neuer Mitarbeiter gesucht. Thommy wurde schon am nächsten Morgen auf dem Parkplatz von Baumann abgefangen. Dieser Arsch entpuppte sich auch noch als Chuck Norris für Arme und prügelte Thommy an Ort und Stelle windelweich. Entweder hatte zu dieser Zeit wirklich niemand gesehen, was auf dem Parkplatz los war, oder alle hatten Angst vor Baumann. Was ja auch völlig egal war. Thommy hatte jede Menge Blessuren davongetragen und der Job war auch weg. Was mittelfristig dazu führte, dass Thommy wieder in seine alten Muster zurückfiel. Zumindest was den Umgang mit dem weiblichen Geschlecht anging. Sonst hatte sich seine harte Jugend ziemlich positiv auf ihn ausgewirkt.
Jedenfalls hatte er sich nach der jahrelangen Schufterei eine Auszeit verdient. Man konnte ja schließlich nicht

immer Arbeiten. Kurz nach seiner Entlassung hatte er noch ein paar Mal versucht Julia zu treffen oder irgendwie zu erreichen, doch sie ignorierte ihn komplett. Und so entschied sich Thommy, ab sofort wieder das Nachtleben zu genießen, Partys zu feiern bis zum Abwinken und jedes weibliche Wesen abzuschleppen, das recht passabel aussah oder durch eine vertretbare Menge Alkohol schön genug wurde. Arbeiten würde er später wieder.

Kapitel 11 – Benno Borsewig

Benno Borsewig hatte bekommen, was er verdient hatte. Zumindest wenn man bedachte, dass er andere jahrelang wie Dreck behandelt hatte. Klaus Prahl wurde ihm vor die Nase gesetzt und er musste büßen. Benno musste nur noch die absolute Drecksarbeit machen. Quasi die Drecksarbeit von der Drecksarbeit, weil Klaus ja die Chefhausmeisterstelle innehatte und so ziemlich viel Drecksarbeit verteilen konnte.

»Benno!«, rief Klaus ständig und jedes Mal zuckte Benno aufs Neue zusammen. »Das kann ja wohl nicht dein Ernst sein. Die Ecken sind immer noch nicht sauber.«

Es waren immer die Ecken. Jedes Mal. Klaus war so einfach gestrickt, dass es schon fast wehtat. Ihm fiel nichts anderes ein und zu allem Elend wurde ihm die ganze Sache aber trotzdem nicht langweilig. Immer wieder waren es die Ecken. Tag ein Tag aus. Irgendwann kam auch Benno an den Punkt, an dem ihm der unvermeidliche Satz in den Kopf kam. Einfach so. Ohne Anmeldung.

»Warum immer ich?«

Stefan hatte mittlerweile seine Ausbildung beendet und die Prüfung mit Auszeichnung bestanden. Er wurde gleich danach in die Qualitätskontrolle übernommen und hatte für einen Jungfacharbeiter einen echt guten Job bekommen. Anfangs freute er sich immer, wenn er zusehen durfte, wie Benno Borsewig unnötigerweise immer dieselbe Arbeit wiederholen musste. Doch irgendwann bekam er ein schlechtes Gewissen und hatte tatsächlich Mitleid mit seinem ehemaligen Peiniger. Warum, konnte er selbst nicht verstehen. Er hatte schließlich allen Grund sich zu freuen, nach allem, was er mitmachen musste. Aber irgendwann sollte mal gut sein und Stefan beschloss, Benno zu helfen. Der hatte nämlich nicht mehr lange bis zu seiner Rente und Stefan wollte ihm wenigstens einen kleinen Rest Würde bewahren.

Wenn er etwas von Louis gelernt hatte, dann war es die subtile Kunst der Provokation. In seinen Augen war Klaus deutlich über das Ziel hinausgeschossen, war bekannt dafür, sich öfter mal während der Arbeit einen hinter die Binde zu kippen und deshalb war es eigentlich sowieso unverantwortlich, ihn mit einem Gabelstapler die Müllcontainer transportieren zu lassen. Das half Stefan zumindest insoweit, dass er bei seinem Vorhaben kein schlechtes Gewissen bekam. Nach ein paar Tagen hatte Stefan dann endlich seinen Mut zusammengenommen und das Vorhaben in die Tat umgesetzt.

Er stand hinter einer Ecke der Produktionshalle, die in der Regel über Deckenspiegel recht gut einzusehen war. Klaus war aber bekannt dafür, sich generell einen Dreck darum zu scheren, wo jemand stand oder lief. Und so verließ er sich auch an diesem Tag darauf, dass die Kollegen ihn sahen und rechtzeitig zur Seite gingen, wenn er angefahren kam.

Es war kurz nach der Mittagspause, und wenn alles war wie immer, dann hatte Klaus gerade seinen dritten Schnaps intus und in der Pause das ein oder andere Bierchen gezischt. Stefan lief auf den Weg, ließ sich ganz leicht vom Müllcontainer berühren und ziemlich theatralisch zur Seite fallen. Sicherheitshalber schrie er noch so laut er konnte und erzielte damit auch die Wirkung, die er wollte. Wie es der Zufall so wollte, spazierte gerade der Betriebsleiter mit dem Betriebsrat durch die Halle und beide waren sofort an Ort und Stelle. Besser hätte es nicht laufen können. Stefan wusste, dass auch der Betriebsrat schon mal von Klaus angefahren wurde und eh nicht besonders gut auf ihn zu sprechen war.

»Klaus, du Idiot«, schrie er, während der Betriebsleiter höchstpersönlich nach Stefans Wohlbefinden fragte.

»Alles klar bei ihnen?«

»Ich denke schon. Ich glaube, das Schlimmste war der Schreck.«

»Das kann ich mir vorstellen«, sagte der Betriebsleiter und widmete sich Klaus Prahl. »Haben sie den jungen Kollegen nicht im Deckenspiegel gesehen?«

»Ähh«, fing Klaus an und wusste nicht, was er zu seiner Verteidigung sagen sollte. „Tut mir leid, ich bin besoffen" fiel genauso aus, wie „Normalerweise schauen die Kollegen immer auf mich, weil sie wissen, dass ich einfach durchrausche". Es war verzwickt. Um nicht zu sagen, so gut wie aussichtslos. Da in der Halle ein ziemlicher Lärm war und der Betriebsleiter nicht wusste, ob er Klaus einfach nur nicht verstanden hatte, oder ob er gar nichts gesagt hatte, ging er noch näher auf ihn zu.

»Es ist so laut hier. Was haben sie gesagt?«, hakte er nach und auf die kurze Distanz konnte jetzt der Betriebsleiter, sogar ohne dass Klaus den Mund aufmachte, riechen, was los war. Klaus Prahl hatte mal wieder ziemlich einen in der Krone.

»Sie riechen nach Alkohol«, stellte er messerscharf fest und Stefan rieb sich zufrieden die Hände. »Das wird Konsequenzen haben. Sie bleiben hier und rühren sich nicht von der Stelle.«

Der Betriebsleiter machte sich vom Acker und holte nun auch noch einen Alkomat. Keiner wusste, warum er so etwas im Betrieb hatte, aber das war ja auch egal. Manchmal musste man die Dinge einfach nehmen, wie sie kommen und das war so ein Moment. Später wurde darüber gerätselt, ob die Chefetage vielleicht gelegentlich ein Kampftrinken veranstaltete und mit dem

Alkomaten den Sieger ermittelte. Doch das blieb nur ein unbestätigtes Gerücht. Klaus Prahls Tage als Chefhofkehrer waren jedenfalls gezählt. Die bürokratischen Mühlen eines größeren mittelständischen Unternehmens kamen in Gang uns so kristallisierte sich für Klaus die einzig mögliche Konsequenz heraus. Auch wenn der Betriebsrat selbst nichts dagegen gehabt hätte, ihn komplett zu opfern und vor die Tür zu setzen, musste er sich paradoxerweise eben auch für einen Klaus Prahl einsetzen. Der wurde nach langem hin und her auf einen Zwangsentzug geschickt, mit der Option, bei erfolgreicher Beendigung der Maßnahme, als Versandhelfer wieder einsteigen zu können.

Benno Borsewig wurde zwar nicht mehr zurück ins Lager versetzt, wurde aber kommissarisch, bis zu seiner kurz bevorstehenden Rente, als Chefhausmeister eingesetzt und konnte die letzten Wochen wieder erhobenen Hauptes mit dem Stapler durch die Hallen fahren. Scheinbar hatte er seine Lektion doch tatsächlich gelernt. Er bekam sogar einen Mitarbeiter, den er in seinen letzten Tagen noch einlernen sollte und behandelte diesen auffallend gut. Stefan freute sich über die späte, aber gelungene Erziehungsmaßnahme. Als er eines Nachmittages, kurz vor Feierabend noch in einen anderen Hallenteil musste, sah er, wie Benno seinem Kollegen ausführlich erklärte, wie so ein Stapler gewartet werden muss. Er nickte ihm lächelnd zu und war zufrieden mit seinem Werk. Doch als Benno zu ihm herüberrief, erschrak er wie früher, als er noch Azubi in seiner Abteilung war.

»Stefan!«, rief Benno mit fester Stimme. »Hast du mal ´ne Sekunde?«

»Klar«, antwortete Stefan und war entgegen seiner schnellen Antwort, alles andere als erpicht darauf, einen Plausch mit Benno zu halten. Irgendwie hatte er immer Angst gehabt, er würde irgendwann herausbekommen, dass die Aktion mit Louis im Lager von langer Hand geplant war. Doch zu seiner Überraschung setzte Benno ihm gegenüber, sein erstes Lächeln auf.

»Kann ich dich mal was fragen?«

»Natürlich«, antwortete Stefan und befürchtete trotz des Lächelns, dass Benno alles wusste.

»Hast du das alles eingefädelt?«, wollte Benno wissen und Stefan konnte immer noch nicht einordnen, ob er die Sache von damals oder die mit Klaus meinte.

»Was genau meinen sie?«, stelle Stefan sich dumm.

»Na, die Sache mit Klaus«, sagte Benno und Stefan fiel ein ganzer Steinbruch vom Herzen.

»Was soll ich dazu sagen? Er war einfach zu unvorsichtig«, antwortete Stefan, ohne die Kuh beim Namen zu nennen und Benno wusste trotzdem genau, was los war. Obwohl er damit gerechnet hatte, löste das eine Kettenreaktion an Gefühlen in ihm aus und Stefan wusste nicht, wie er damit umgehen sollte. Benno wurde mit einem Schlag bewusst, welche Größe Stefan gezeigt hatte und was er selbst für ein Riesenarschloch gewesen war. Nicht nur wegen Stefan. Im Bruchteil einer Sekunde fuhren alle seine früheren Opfer vor seinem geistigen Auge gemeinsam in einem Bus an ihm vorbei und winkten ihm zu. Benno traten plötzlich Tränen in die Augen und er starrte Stefan an, wie ein hilfloser Junge. Stefan konnte sich nicht erinnern jemals in einer so beklemmenden Situation gewesen zu sein. Benno schluchzte, zog den Rotz in der Nase wieder nach oben und fiel Stefan um den Hals.

»Ich danke dir, mein Junge«, sagte Benno, bevor alle Dämme brachen und er hemmungslos drauf losheulte. Stefan wusste zwar, dass dies wohl die offenste Art der Dankbarkeit war, aber eine Karte und fünfzig Euro hätten es auch getan. Na ja, wie auch immer. Nachdem Stefan etwas später Feierabend machte und Benno ebenfalls auf dem Heimweg war, wusste er, dass er richtig gehandelt hatte. Benno hatte zwar ziemlich alt werden müssen, um eine halbwegs vernünftige Menge an Werten in sich zu versammeln, aber besser spät als nie.

Nur die Sache mit Klaus Prahl, der es ja aus eigener Erfahrung kannte, ging ihm nicht aus dem Kopf. Es war verständlich, dass er Benno leiden ließ. Zumindest hätte ihm jeder nachgesehen, wenn er seinem ehemaligen Chef, nach allem was passiert war, den ein oder anderen Denkzettel verpasst hätte. Doch letztendlich war er kein bisschen besser gewesen. Im Gegenteil, für Stefan war dessen Verhalten noch schlimmer als das von Benno. Weil er eben gar nichts aus seinen eigenen

Erlebnissen gelernt hatte. Irgendwann hätte er es doch sein lassen müssen. Stefan hatte ernsthafte Zweifel, dass sich Klaus Prahl, selbst wenn der Entzug erfolgreich verlaufen sollte, wieder in ein Team eingliedern konnte.

Kapitel 12 – Louis Poppen (Ich)

Irgendwann war es dann endlich soweit. Die erste große Party stand an. Und es war nicht irgendeine Fete. Es war der legendäre Medizinerfasching. Es gab unendlich viele Geschichten über dieses ausschweifende Fest und nun durfte ich es selbst erleben. Obwohl es ja eigentlich völlig egal war, mit wem man auf die Party kam, war ich doch ein wenig enttäuscht, dass es nur mein altbekannter Schulkollege Robert war, mit dem ich dieses einzigartige Ereignis erleben sollte. Ich hatte völlig unbegründet das Gefühl, dass alle denken würden, die zwei Nerds aus dem ersten Semester müssen sich das Händchen halten, weil keiner sich alleine traute. Doch ich hatte es bis zu diesem Moment nicht einmal so weit gebracht, dass überhaupt irgendjemand etwas dachte, als wir auftauchten. Wir wurden komplett ignoriert und es grenzte fast an ein Wunder, dass keiner seine Jacke an uns aufhängen wollte. Robert schlug sich mit Sicherheit nicht mit solchen Gedanken herum. Es scherte ihn schon immer ein Dreck, was andere dachten. Und da er ja ganz offensichtlich, überall wo er auftauchte, sofort als Psychopath eingestuft wurde, ließen ihn auch hier alle in Ruhe. Über ihn wurde wenigstens unter vorgehaltener Hand geredet.

Obwohl ich mir absolut sicher war, dass Robert niemals irgendetwas von sich freiwillig erzählt hatte, rankten sich im Laufe der Zeit schon die ersten merkwürdigen Geschichten um seine Person. Ich wäre dankbar für diese Ehre gewesen, aber ihn interessierte so etwas überhaupt nicht. Oder er tat einfach nur so, als würde es ihn nicht interessieren. Aber egal wie ich es drehte und wendete, war Robert hier in Heidelberg derjenige von uns beiden, der wenigsten ein bisschen Aufmerksamkeit auf sich lenken konnte. Früher hatte ich immerhin Belinda und Robert hatte niemanden. Er wollte zwar auch niemanden, aber das spielte ja keine Rolle. Und während ich mir an diesem Abend vor Aufregung fast in die Hosen machte, schien ihn der Medizinerfasching auch wieder völlig kalt zu lassen. So wie eigentlich fast alles.

»Ich bin ja so gespannt auf heute Abend«, sagte ich, als wir vor dem Eingang standen.

»Auf was genau?«, fragte Robert und schien das auch wirklich ernst zu meinen.

»Na auf alles. Die Party, die Menschen und natürlich auch auf die Frauen.«

»Hm, aber wenn du ehrlich bist, werden die Frauen nicht wirklich gespannt auf dich sein«, stelle Robert messerscharf fest und traf damit den Nagel auf den Kopf.

»Musst du immer so realistisch sein?«, fragte ich und dachte mir, es wäre wohl besser gewesen, alleine zu gehen. Dann hätte ich mir wenigstens einreden können, dass vielleicht irgendjemand auch gespannt auf mich war, aber leider kurzfristig krank geworden ist, und nur deshalb nicht erschienen war, um mich kennenzulernen.

»Das hilft«, antwortete Robert. »Schützt ziemlich gut gegen Enttäuschungen.«

Da hatte er mit Sicherheit recht. Robert hatte eigentlich immer recht, das war ja das Schlimme. Aber ob er mit dieser Taktik jemals weiterkommen würde als ich, bezweifelte ich doch sehr.

»Denkst du nicht manchmal auch darüber nach, was vielleicht sein könnte, wenn mal alles rund läuft? Wenn das Glück an irgendeinem Abend zufällig auf deiner Seite ist und du derjenige bist, der die heißeste Frau des Abends mit nach Hause nimmt?«

»Nein«, antwortete Robert knapp und fügte dann noch etwas hinzu, was er sich eigentlich auch hätte sparen können. »Und du solltest es auch lassen. Sei doch mal ehrlich. Glaubst du allen Ernstes, dass so etwas irgendwann passiert? Ich will dir ja nicht zu nahetreten, aber du siehst nicht wirklich aus wie der, der die Mädchen mit nach Hause nimmt. Du bist vielleicht der, der die anderen nach Hause fährt und dann im Wohnheim liegt und zuhört, wie in den anderen Zimmern gepoppt wird wie verrückt.« Robert schaute mich an und grinste. »Entschuldige das Wortspiel. War keine Absicht. Aber trotzdem gut.«

Ich entschied für mich, dass es wohl das Beste sei, nicht weiter darauf einzugehen, wenn ich nicht nach einer halben Stunde völlig deprimiert nach Hause gehen wollte. Der Arsch hatte recht. Aber musste er es sagen? So ein Depp.

Wir gingen in die heiligen Hallen und die Geschichten versprachen nicht zu viel. Es war eine Höllenparty. Es wurde getanzt, gelacht, gesoffen und geknutscht. Zumindest knutschten die anderen und ich schaute zu. Ich redete mir ein, dass ich ja noch ein paar Semester Zeit haben würde, um irgendwann auch bei den Knutschenden und am späteren Abend an anderer Stelle, bei den Vögelnden zu sein. An diesem Abend aber war ich bei Robert. Super. Wir saßen in einer Ecke und Robert goss in sich hinein, was sein Körper bereit war aufzunehmen. Er erlebte nicht einmal Mitternacht. Er setzte sein Glas ab, versuchte laut zu rülpsen, kotzte aber stattdessen wie ein Reiher. Quer über den Tisch. Gleich darauf kippte er zur Seite, fiel vom Stuhl und blieb regungslos auf dem Boden liegen. Hätte mich auch gewundert, wenn das alles in ihm dringeblieben wäre. Ich überlegte kurz, ob ich ihn hier rausschaffen sollte, entschied mich dann aber dagegen. Alleine hätte ich es sowieso nicht geschafft, kennengelernt hatten wir immer noch niemanden und außerdem war er ja selbst schuld an seiner Lage. Er tat mir zwar auch ein bisschen leid, aber meine Gewissensbisse verflogen schlagartig, als mich plötzlich eine Frau, die gerade alleine am

Nachbartisch saß, ansprach. Und die sah auch noch ziemlich gut aus. Zumindest soweit ich das im Halbdunkel erkennen konnte.

»Na, hat sich dein Freund schon verabschiedet?«, wollte die Unbekannte wissen.

»Was?«, antwortete ich völlig überfordert. Das konnte ja wohl nicht wahr sein. Ich wurde angesprochen. Und das schon im ersten Semester. Und ich wartete gleich mit so einer genialen Antwort auf. Phänomenal. Ich brauchte noch einen kurzen Moment um mich zu sammeln und fügte dann hinzu. »Äh, ja, sieht fast so aus.« Wahnsinn, oder? Eigentlich hätte jede Frau bei einer solchen Souveränität doch sofort das Weite gesucht. Diese hier aber blieb. Vielleicht hatte die Sache ja einen Haken, aber das war mir in diesem Moment völlig egal. Ich war verliebt. Zumindest glaubte ich das. Ich war ja nach einer lebenslangen Durststrecke auch ziemlich leicht zu haben.

»Ich bin die Heike«, sagte die Frau mit einer ziemlich tiefen Stimme, aber extrem freundlich, nachdem ich mich zu ihr gesetzt hatte und meinen Freund seinem Schicksal überließ. »Und wer bist du?«

»Louis«, war meine Antwort und dabei hätte ich es vielleicht auch belassen sollen. Aber ich Trottel musste aus unerfindlichen Gründen auch noch meinen Nachnamen nennen. »Louis Poppen.«

Heike hielt sich die Hand vor den Mund und kicherte. »Du bist mir ja einer.«

»Äh, was? Nein. Ich meine das ist eben mein Name«, versuchte ich die Situation zu retten und nicht den Eindruck zu erwecken, ich wollte damit im ersten Satz schon auf den eventuellen Beischlaf, etwas später am Abend, anspielen. Natürlich hätte ich nichts dagegen gehabt, aber so direkt wollte ich dann auch wieder nicht sein. Eigentlich hatte ich überhaupt keine Ahnung, wie ich sein sollte.

»Schade«, war die knappe Antwort.

»Was meinst du mit schade?«

»Ach nichts«, winkte Heike ab, strich mir ganz beiläufig mit der flachen Hand über den Oberschenkel bis hinauf zum kleinen Louis und hielt für einen Moment inne. Und ich lief komplett rot an, wahrscheinlich bis hinunter zu meiner linken Fußzehe, weil mein kleiner Freund sofort strammstand, wie ein Soldat beim Appell. So ein Mist. Heike ließ sich aber nichts anmerken und wir verbrachten den ganzen Abend zusammen. Es war der Wahnsinn. Wir tanzten, wir lachten und vor allem tranken wir einen Drink nach dem anderen. Es war erstaunlich, was Heike alles so vertragen konnte. Manchmal hatte ich fast den Eindruck, sie wollte mich regelrecht abfüllen. Dabei wäre das doch gar nicht nötig gewesen. Dachte ich zu diesem Zeitpunkt jedenfalls noch.

Die Party war noch in vollem Gange, als Heike plötzlich zum Punkt kam. Sie wollte mich mit in ihr

Wohnheimzimmer nehmen. Und das sagte sie mir einfach so, ganz direkt, mitten ins Gesicht.

»Lass uns zu mir gehen«, waren ihre Worte und gleich darauf fügte sie hinzu: »Und eins sag ich dir gleich, Kaffee habe ich nicht.« Sie zwinkerte mir zu und ich brauchte einen Moment, um zu verstehen, was sie damit meinte. Sie wollte wohl direkt zur Sache kommen. Was mir nicht ungelegen kam, denn ich hatte keine Ahnung, wie lange ich in meinem Zustand überhaupt noch zu irgendetwas fähig sein würde. Je schneller, je besser.

»Wer braucht schon Kaffee«, antwortete ich und winkte ab. Meine Armbewegung war etwas zu ausladend und ich kam dabei ziemlich stark ins Wanken. Doch Heike hielt mich fest. Zu fest eigentlich, aber ich war in diesem Moment nur froh, dass ich mich nicht schon auf der Party vor Heike hinlegte. Das hatte noch ein bisschen Zeit und außerdem wollte ich das dann ohne Klamotten und ohne Zuschauer tun.

Die frische Luft auf dem Weg zu Heike tat mir nicht wirklich gut. Der Alkohol nahm einen immer größer werdenden Anteil in meinem Blutkreislauf ein und vernebelte mir so sehr die Sinne, dass ich zwar plötzlich mit Heike in ihrem Zimmer stand, aber absolut keine Ahnung hatte, wie ich da hingekommen war. Das war aber auch völlig egal, schließlich war ich nicht bei den Pfadfindern, sondern wollte einen unverbindlichen One-Night-Stand haben. Und der schien auch nicht mehr lange auf sich warten zu lassen. Heike riss mir förmlich die Klamotten vom Leib, stieß mich auf ihr Bett und machte das Licht aus. Irgendwie hätte ich sie ja dabei liebend gerne gesehen, aber in diesem Moment war ich eher dankbar. Denn trotz des hohen Alkoholpegels war ich ziemlich nervös. Und das musste sie ja nicht mitbekommen. Heike kam zu mir aufs Bett und küsste mich. Sie griff mir sofort zwischen die Beine, der kleine Louis stand sowieso schon wie ein Fahnenmast beim Zapfenstreich und dann flüsterte sie mir auch noch etwas ins Ohr, dass ich niemals erwartet hätte.

»Ich will, dass du mich von hinten nimmst. Und zwar richtig. Ich steh auf Analverkehr.«

Ich stand kurz vor einem Kreislaufkollaps. So etwas gleich in der ersten Nacht. Ich wäre eigentlich mit dem Standardprogramm völlig zufrieden gewesen, aber ich wollte in meiner Situation nicht wählerisch sein. Obwohl Heike meinte, es sei nicht nötig, streifte ich mir mit zittrigen Händen ein Kondom über. Ich tastete mich im Dunkeln zu ihr hin und konnte fühlen, dass sie schon in Stellung gegangen war. Ich stellte mich erwartungsgemäß ziemlich dämlich an und fand den Weg nicht sofort. Mit beiden Händen befühlte ich ihren Hintern und ließ eine dann in ihren Schritt gleiten. Sofort packte wieder eine kräftige Hand zu, doch es war zu spät. Ich hatte es gespürt. Es war wie in einem schlechten Film. Ich fühlte mich, als würden mir unzählige Kinozuschauer dabei zusehen, wie ich Heike unabsichtlich an den Eiern packte. Also eigentlich war es ja eher Heiko, den ich an den Eiern packte. Ich erschrak so sehr, als ich sie fühlte und dann griff er auch noch völlig unvermittelt nach meinem Arm. Ohne darüber nachzudenken oder es zu wollen drückte ich zu. Und das ziemlich fest.

»AAAAAAHHHHHHHHHH«, schrie Heiko aus vollem Hals und krümmte sich vor Schmerzen. Es war mir absolut schleierhaft, wie er das eigentlich durchziehen wollte. Dachte er, ich sei so dermaßen betrunken, dass ich das nicht irgendwann merken würde? Wahrscheinlich. Ich dagegen war mir sicher, dass ich niemals so viel trinken könnte, außer ich würde bewusstlos werden. Mir drehte sich der Magen um, bei diesem Gedanken. Vielleicht war das tatsächlich sein Plan gewesen.

»AAAAAAHHHHHHHHHH», war auch mein erster, lautstarker Kommentar, bevor ich ohne meine Klamotten das Weite suchte. Was natürlich ziemlich dämlich war, aber ich wollte einfach nur weg. Und das so schnell wie möglich. Ich rannte das Treppenhaus hinunter und hatte riesiges Glück, dass mich zumindest dort niemand sah. Es war gar nicht weit bis zu mir und Schnee hatte es zum Glück auch keinen. Ich musste nur ein paar Häuser weiter. Unten angekommen manifestierten sich einmal mehr die Worte „Warum immer ich?" in meinem Kopf. Ich riss die Tür ins Freie auf und krachte mit voller Wucht in einen Besoffenen. Immerhin war er angezogen. Leider war es schon wieder

Robert, der scheinbar von den Toten auferstanden war und sogar selbstständig nach Hause laufen konnte. Er setzte sich auf und schaute mich an. Offensichtlich nahm er es mir nicht übel, dass ich ihn einfach zurückgelassen hatte.

»Wo sind deine Sachen?«, wollte er wissen und zumindest seiner Aussprache nach zu urteilen, hatte er noch ordentlich Alkohol im Blut.

»Das ist eine lange Geschichte«, antwortete ich und hoffte, Robert würde sofort an Ort und Stelle einschlafen. Den Gefallen tat er mir nicht. Stattdessen rappelte er sich auf, zog seinen viel zu langen Mantel aus und hielt ihn mir hin. Robert war als Neo aus Matrix verkleidet. Genau wie ich, nur war ich in diesem Moment ein nackter Neo.

»Hier«, sagte Robert und ich sah für einen Moment den selbstlosen Freund in ihm, den ich nie hatte. »Zieh das an. Ich will nicht, dass die Leute denken, wir wären schwul, oder so. Und dann will ich wissen, was los war.« Robert setzte ein diebisches Grinsen auf, und als ich nach seinem Mantel greifen wollte, zog er ihn noch einmal zurück. »Was ist? Erzählst du mir die Geschichte?«

»Meinetwegen.« Das war immer noch besser, als nackt neben Robert herzulaufen und die Gerüchteküche anzufeuern. Und außerdem war es verdammt kalt. Ich erzählte ihm die ganze Geschichte und musste am Ende fast selbst ein wenig schmunzeln.

»Und du hast ihm echt die Glocken zusammengedrückt?«

»Ja!«, antwortete ich und fühlte mich gar nicht mehr so schlecht dabei. Gut, ich hatte die Tatsachen ein klein wenig verdreht und Robert gesagt, ich hätte ihm die Eier gequetscht, um ihm eine Lektion zu erteilen. Aber das war ja auch nicht so wichtig. Hauptsache, ich kam wenigstens halbwegs glimpflich aus der Sache wieder raus.

»Du bist ja doch ´ne ganz coole Sau, Poppen«, stellte Robert fest und klopfte mir auf die Schulter. »Hätte ich dir gar nicht zugetraut.«

Robert wohnte im selben Haus wie ich, und erst als wir dort ankamen, wurde mir klar, dass ich weder Schlüssel, noch Brieftasche hatte. Wie auch? Eigentlich hätte mir ja auch bereits etwas früher auffallen können, dass ich in der Panik wirklich alles zurückgelassen hatte. Alles lag noch mitsamt meinem Kostüm bei Heike - oder bei Heiko, wie auch immer. Ich wollte gerade verzweifeln, als Robert mir etwas von seinen Sachen zum Anziehen gab und sagte, wir sollten meine Klamotten noch aus der Kammer des Schreckens holen. Meine Bedenken, Heiko könnte tierisch sauer sein und uns zu Brei schlagen, ignorierte er und meinte, er habe schon lange kein vernünftiges Abenteuer mehr gehabt. Und so machten wir uns, benebelt von Alkohol, auf den Weg. Ich hatte keine Ahnung wie Robert das anstellen wollte, aber ich dachte mir, wenn einer bekloppt genug für eine solche Aktion wäre, dann Robert. Und tatsächlich. Nachdem auf sein leises Klopfen niemand reagiert hatte, hantierte er mit irgendeinem Werkzeug, das ich noch nie gesehen hatte, am Türschloss und hatte die Tür in ein paar Sekunden offen. Ich wollte lieber nicht wissen, wie oft er so etwas schon gemacht hatte. Lautlos schlich er sich hinein, während ich Wache schob. Robert schaffte es, die Sachen zu holen, ohne dass Heiko aufwachte. Er drückte mir seine Beute in die Hand und grinste. Dann schlug er mit voller Wucht die Tür hinter sich zu.

»Los! Weg hier!«, sagte Robert und rannte los.

»Warum hast du das gemacht?«, fragte ich ihn, als ich wieder zu Atem kam.

»Er soll ja schließlich wissen, dass jemand da war.«

Robert hatte definitiv nicht alle Latten am Zaun. Aber in diesem Moment war ich wieder einmal dankbar, einen Psychopathen als Freund zu haben.

Kapitel 13 – Belinda Schowanowski

Quasimodo haben sich dich genannt«, sagte Belinda irgendwann völlig unvermittelt zu Sarah, während sie es sich nach einem anstrengenden Tag mit einer Picknickdecke auf einer Wiese gemütlich machten. Hier trafen sich immer viele Studenten, um bei schönem Wetter den Tag ausklingen zu lassen. »Und nur, weil du deine Kapuze unter deiner Jacke zusammengeknüllt hattest.«

»Wer hat mich so genannt?«, wollte Sarah wissen.

»Na die Schnepfen unserer It-Girl Clique.«

»Diese hirnlosen Kleiderständer. Ich hoffe nur, dass irgendwann die Gerechtigkeit siegt und sie einfach zu dumm sind, um mit dem Studium weiterzumachen.« Sarah ärgerte sich tierisch über diese Aussage und wunderte sich gleichzeitig, woher Belinda das wusste. »Warum weißt du das eigentlich?«, fügte sie nach einer kurzen Pause hinzu.

»Ich stand dabei.«

»Was?«, fragte Sarah erschrocken. »Du warst dabei? Was hattest du denn bei denen verloren?«

»Ich dachte am Anfang, ich müsste wenigstens einmal dazugehören. Ich wollte einfach bei den Reichen und Schönen dabei sein. Ich stand mein ganzes Leben immer nur am Rand. Und eigentlich war es auch nur ein dummer Zufall gewesen.«

»Und warum bist du nicht dabeigeblieben?«

»Die haben mich nach einem halben Tag schon so genervt, dass ich wusste, ich würde das niemals durchhalten. Dieses dumme Geschwätz konnte ich unmöglich länger ertragen. Dann habe ich ihnen gesagt, sie können sich ihre Premium Clique sonst wo hinstecken und habe mich zu dir gesetzt.«

»Echt?«

»Echt.«

Sarah war gerührt und konnte nicht verhindern, dass eine kleine Träne ihre Wange hinunterkullerte.

»Danke«, sagte sie und lehnte den Kopf an Belindas Schulter. Sie ließen sich die Sonne ins Gesicht scheinen und dösten vor sich hin, als sich plötzlich lautstark ein paar sehr bekannte Stimmen näherten. Belinda richtete sich auf und schaute in deren Richtung.

»Wenn man vom Teufel spricht«, sagte sie.

»Der Teufel mit Prada?«

»Ja, so sieht's aus«, antwortete Belinda und kicherte. »Bei denen steht wahrscheinlich sogar auf den Tampons Dolce & Gabana.«

Sarah lachte lauthals hinaus und schaute scheinbar etwas zu offensichtlich in die Richtung von Franzi, Katharina und Lea. Die waren gerade wieder damit beschäftigt, die Wiese als Laufsteg zu benutzen und führten ihre neusten Klamotten aus. Selbstverständlich körperbetont und extrem kurz. Wie immer drehten sich natürlich fast alle männlichen Köpfe nach ihnen um. Es schien, als wollten wirklich alle wissen, was diese Tussis an neuen Klamotten im Schrank hatten. Und die weiblichen Köpfe drehten sich genauso, weil die wiederum wissen wollten, was die Männer so interessant daran fanden. So kam es dann auch, dass Belinda und Sarah plötzlich mitten im Rampenlicht standen.

»Was gibt's denn da zu lachen?«, giftete Lea fragend in die Richtung der beiden Freundinnen. Alleine schon der Ton war eine Beleidigung an sich. Trotzdem nahm sich Belinda vor, sich von diesen Aushilfsbarbies nicht provozieren zu lassen. Die Bühne war ihr definitiv zu groß und das Niveau zu niedrig.

»Ach nichts«, log sie und gab sich größte Mühe, nicht schon wieder zu lachen. Sie schaffte es auch. Sarah leider nicht.

»Und warum lacht die dumme Ziege hier schon wieder?«, hakte Katharina nach und baute sich vor Sarah auf, als wäre sie der Chef am Campus. Das bildete sie sich mit Sicherheit auch ein. Doch nachdem sich Sarah scheinbar wirklich von Katharina einschüchtern ließ, konnte Belinda nicht anders, als ihre Freundin bis aufs Blut zu verteidigen. Diese Bühne war eben auch zu groß, um sich einfach so unterbuttern zu lassen. Und dann auch noch von Hühnern, deren geistiges Niveau man bequem unter jeder Tür durchschieben konnte.

»Jetzt halt mal die Luft an«, blaffte Belinda zurück. »Ich kann mir beim besten Willen nicht vorstellen, warum wir uns vor euch rechtfertigen sollten. Und außerdem würdet ihr ja einen halbwegs intelligenten Humor sowieso nicht verstehen.«

Es dauerte ein bisschen, bis Katharina und ihre Freundinnen diese Information verarbeitet hatten. Während sie über Belindas Aussage nachdachten, waren sie nicht fähig, sich zu bewegen. Belinda fragte sich einmal mehr, was um alles in der Welt diese Schnepfen dazu veranlasst hatte, Lehrerin werden zu wollen. Nicht auszudenken, welche Qualen die Schüler durchzustehen haben, sollten sie wider Erwarten doch die Prüfungen schaffen.

»Dann habt ihr also über uns gelacht?«, fragte Franzi energisch, nachdem der Denkvorgang abgeschlossen und das Sprachzentrum wieder funktionsfähig war.

»Warum denkst du das?« Belinda wusste, dass die Antwort darauf nicht einfach für sie werden würde, und konnte sich ein leichtes Grinsen nicht verkneifen.

Mittlerweile war es ziemlich still auf der Wiese geworden. Die meisten Männer starrten nach wie vor auf die kurzen Miniröckchen, die sich hauteng um die kleinen „Knackärsche" der It-Girl Clique schmiegten und nahmen das Gespräch nur am Rande war. Ihnen war eigentlich scheißegal, was für ein Thema die Weiber miteinander hatten. Sie sahen einfach nur Ärsche. Die Frauen dagegen witterten endlich eine Chance auf

Gerechtigkeit. Vordergründig schwänzelten viele um die drei Campusschönheiten herum, weil natürlich auch immer nett anzuschauende männliche Wesen in greifbarer Nähe waren. Doch eigentlich hasste sie jeder. Die Frauen, die nur dreimal mit dem Hintern wackeln mussten, um die Kerle um den Finger zu wickeln. Es war einfach unfair.

»Äh, was?«, stammelte Lea und schrie plötzlich unvermittelt los. »Das ist doch auch scheißegal, warum ich das denke. Ich denke es einfach. Und ihr habt gefälligst eure Klappe zu halten, wenn wir im Anmarsch sind.«

»Also du denkst und weißt selbst nicht warum?«, stellte Belinda fragend fest und konnte förmlich fühlen, wie die Körpertemperatur von Lea gefährlich anstieg. »Immerhin, ich dachte eigentlich du denkst gar nicht.«

In diesem Moment war es dann soweit. Lea war intellektuell am Ende. Wobei das Ende hier ziemlich nahe beim Anfang lag. Ihre Lippen bebten, brachten aber außer einem unverständlichen Zischen keine weiteren Laute hervor. Belinda war in der Zwischenzeit aufgestanden, weil sie irgendwie schon damit rechnete, dass Lea irgendwann ausflippen würde. Ihre beiden Freundinnen hielten sich komischerweise auffällig zurück und so standen sich die beiden plötzlich alleine gegenüber. Und obwohl Belinda wusste, dass die Schubladen, aus der die drei entsprungen sind im tiefsten Kellergeschoss anzusiedeln waren, hatte sie nicht wirklich mit einem körperlichen Angriff gerechnet. Leas Hand schoss nach vorne und packte doch tatsächlich Belinda an ihren Haaren. Und das tat verdammt weh.

»Spinnst du?«, schrie Belinda und war im ersten Moment noch zu überrascht, um zu reagieren.

»Ich mach dich fertig«, keifte Lea und wurde sofort von ihren Freundinnen angefeuert. Scheinbar machten die so etwas öfter. Es war einfach nicht zu fassen, was sich hier gerade abspielte. Sarah saß im ersten Moment noch wie versteinert auf dem Boden.

Gerade als Lea zu einer Ohrfeige ausholen wollte, war Belinda wieder voll da und griff blitzschnell nach deren Handgelenk. Belindas Finger schlangen sich gefährlich fest um Leas zerbrechliche Knochen. Die ewige Schinderei im Fitnessstudio war wohl doch nicht nur zur Verbesserung der Figur gut gewesen. Belinda drückte immer stärker zu und Lea schrie auf vor Schmerzen. Belinda drehte die Hand ihrer Widersacherin in eine unnatürliche Richtung, der nach und nach Leas ganzer Körper folgte. Das hatte sie früher mal bei Robert gesehen.

»Aaaaahhhhhh«, war das einzige, was Lea noch schreien konnte. Ihr Gesicht war schmerzverzerrt und im nächsten Moment sank sie vor Belinda auf die Knie. Im selben Augenblick wollten plötzlich Franzi und Katharina ihrer Freundin zu Hilfe eilen. Gegen drei kreischende Hühner hätte Belinda definitiv keine Chance gehabt. Sarah erwachte aus ihrer Starre, sprang auf und verpasste Katharina noch in der Aufwärtsbewegung einen Schlag zwischen die Rippen, der ihr für einen kurzen Moment die Luft nahm. Blitzschnell drehte sich Sarah um ihre eigene Achse und setzte zu einem Roundhousekick an, an dem sogar der gute alte Chuck Norris seine Freude gehabt hätte. Sie erreichte zwar nicht die nötige Höhe und erwischte nur Franzis Schulter, aber das war wahrscheinlich auch besser so. Hätte sie ihre Luxusnase getroffen, wäre wohl schon in den nächsten Tagen Post vom teuersten Anwalt der Stadt in ihrem Studentenbriefkasten gelandet. Der Tritt reichte aber trotzdem aus, um auch Franzi niederzustrecken und innerhalb weniger Sekunden bot sich den Studenten auf der Wiese ein ungewohntes Bild. Genau in der Mitte stand Belinda und hatte immer noch Leas Handgelenk fest im Griff. Die kniete nach wie vor zu Belindas Füßen und wimmerte vor Schmerzen. Direkt daneben stand Sarah in einer professionell anmutenden Karatepose, die auch Belinda in Verwunderung versetzte. Links und rechts von ihnen lagen Katharina und Franzi auf dem Boden, die sich ganz vorsichtig aus dem Gefahrenbereich robbten. Ganz langsam wich die schon fast unheimliche Stille immer lauter werdendem Gemurmel. Belinda ließ Lea los und die rannte sofort wortlos davon. Ihre beiden Freundinnen sprangen auf und liefen ihr hinterher. Den Blick stur geradeaus gerichtet, um ja niemanden ansehen zu müssen. Die Situation war so schon peinlich genug.

Plötzlich fingen die ersten an zu klatschen. Vor allem die Studentinnen stimmten in einen kurzen, aber doch lautstarken Jubel mit ein, der auch von Lea, Katharina und Franzi gehört wurde. Belinda wurde fast ein bisschen rot und Sarah lockerte endlich ihre Haltung.

»Seit wann machst du denn Karate?«, fragte Belinda, als die beiden sich wieder auf die Wiese setzten.

»Keine Ahnung. Schon ewig auf jeden Fall.«

»Das hat man gemerkt. Wie du die beiden mal schnell auf den Boden befördert hast, Respekt. Mit dir möchte ich keinen Ärger haben.«

»Aber du hattest Lea ja auch gut im Griff.«

»Na ja. War ja bei der Hungermucke auch nicht so schwer. Ich würde zu gerne die blauen Flecken sehen, die sich wahrscheinlich gerade auf ihren Luxuskörpern ausbreiten.«

Die beiden genossen noch eine ganze Weile die heimlichen Blicke der anderen Studenten und sonnten sich in ihrem Sieg. Die Geschichte hatte sich herumgesprochen wie ein Lauffeuer.

Der Ruhm hielt leider nicht lange an. Es dauerte keine zwei Wochen, da dachte scheinbar keiner mehr an die demütigende Niederlage der Premium Clique. Belinda fragte sich lange, an was das wohl lag. Manche Menschen konnten einfach durchs Leben gehen, sich pausenlos danebenbenehmen und trotzdem standen sie immer wieder im Mittelpunkt. Lea, Katharina und

Franzi sahen doch nur gut aus. Das war alles. Zumindest wenn man auf extrem dünne Frauen stand. Belinda konnte sich lange einreden, dass ein Mann doch lieber etwas in der Hand haben will, als beim Sex Druckstellen zu bekommen. Eines war definitiv klar und da konnte sie auch nicht widersprechen. In den engen kurzen Röckchen und bauchfreien Tops sahen sie eben um Längen besser aus als sie. Wobei sie mittlerweile eigentlich immer zufriedener mit sich selbst war und beschloss, auch wenn es ihr irgendwann leichtfallen sollte, niemals so dünn zu werden. Aber das alles war eigentlich gar nicht das Problem. Das Traurigste kam wiederum ein paar Wochen später. Wie jedes Jahr stand die Verbindungsparty des Jahres an. Jeder sprach davon, obwohl nur ein kleiner Teil der Studenten jemals dahin eingeladen wurde. Es war ein sehr elitärer Kreis, in den man nicht so einfach reinkam. Was die meisten auch gar nicht wollten, aber die Feiern waren scheinbar sensationell.

Selbstverständlich, und das war einmal mehr Belindas Pech, handelte es sich um eine rein männliche Verbindung. So kam es, dass natürlich die dummen Hühner eingeladen wurden und sie und ihre Freundin Sarah wieder in die Röhre schauten. Es war einfach zum Kotzen, dass sich das Blatt wohl niemals wenden würde. Wenigstens eine Einladung hätte sie gerne bekommen. Sie wusste noch nicht einmal, ob sie überhaupt hingegangen wäre. Aber das war ja auch egal.

»Warum immer ich?«, brummelte sie am Abend der Party vor sich hin, als sie zusammen mit Sarah in ihrer Studentenbude auf dem Bett saß. In einer weiten Schlabberhose und übergroßem Schlafshirt schauten sie sich irgendeine Liebesschnulze an und stopften einen XL-Eimer Popcorn in sich hinein.

Kapitel 14 – Sabine

Manchmal machte das Schicksal im Leben auch nicht vor schönen Menschen halt. Sabine erlangte auch nach einem Schulwechsel ihre gewohnte Selbstsicherheit nicht wieder zurück. Im Gegenteil. Sie wurde nie richtig in die Klassengemeinschaft aufgenommen und schleppte sich mehr schlecht als recht bis zum Abi durch. Danach stand sie aber vor dem Nichts. Sie hatte keine Motivation für irgendetwas aufbringen können.

»Was willst du denn studieren?«, fragte ihre Mutter, nachdem Sabine sich auch nach dem Abi nicht zu ihrer Zukunftsplanung geäußert hatte.

»Ich bin noch nicht soweit«, antwortete Sabine. Das war natürlich für eine Frau wie ihre Mutter überhaupt nicht akzeptabel. Sie hatte es geschafft, Familie und Beruf erfolgreich unter einen Hut zu bringen. Zumindest redete sie sich das ein. In Wirklichkeit war es aber so gewesen, dass sie ihr Ding ohne Rücksicht auf Verluste durchgezogen hatte. Sabines Vater hatte zu Hause überhaupt nichts zu melden, obwohl er beruflich auch ein sehr erfolgreicher Geschäftsmann war. Außenstehende fragten sich schon lange, wie er das alles ertragen konnte. Er war noch nicht richtig zu Hause, blökte sie ihm schon seine Aufgaben entgegen.

»Lass deine Schuhe an, du musst gleich noch einkaufen. Ich brauch dringend Bewegung und muss joggen gehen«, war eine beliebte Begrüßung. Dicht gefolgt von: »Schau doch bitte, dass du uns was Nettes zum Essen kochst. Ich habe noch Besuch und kann mich ja schließlich nicht um alles kümmern.«

Bildlich gesprochen war Sabines Vater den ganzen Tag in Schürze und Kopftuch unterwegs, ackerte wie ein Bekloppter und beschwerte sich nicht einmal darüber.

»Dein Vater ist ein Guter«, sagte sie immer wieder zu Sabine. Dabei hätte sich Sabine so sehr gewünscht, dass ihr Vater endlich mal auf den Tisch gehauen hätte. Doch darauf wartete sie vergeblich.

Irgendwann hatten Sabines Eltern, was eigentlich aufgrund des fehlenden Stimmrechts des Vaters auch auf die Mutter zu reduzieren war, keine Lust mehr, ihre Tochter zu finanzieren.

»Du suchst dir jetzt einen Job«, befahl Sabines Mutter und duldete keinen Widerspruch. Sie hatte schließlich auch immer für sich gesorgt und war nie auf die Almosen anderer angewiesen. Auch das redete sie sich erfolgreich ein, denn ihren Lebensstil hätte sie ohne das Einkommen ihres Mannes keine zwei Wochen durchgehalten. Sabine war es irgendwann auch zu doof und sie machte Nägel mit Köpfen.

»Von mir aus kannst du Papa behandeln wie deinen Leibeigenen. Ich habe da jedenfalls keine Lust mehr drauf«, sagte Sabine ihrer Mutter direkt ins Gesicht. Die war für einen Moment sprachlos. So hatte ihre Tochter noch nie mit ihr geredet. Und ihr Mann sowieso nicht. Sie hatte auch keine Zeit mehr zu reagieren, denn Sabine holte sofort darauf ihren Koffer aus dem Zimmer und verschwand ohne eine weitere Verabschiedung. Ihrem Vater hatte sie einen Abschiedsbrief ins Büro geschickt, denn zu Hause hätte er ihn vermutlich nicht alleine lesen dürfen, die arme Sau.

»Wo willst du hin?«, rief Sabines Mutter ihr hinterher. Es war vielleicht das erste Mal, dass ihr für den Bruchteil einer Sekunde Zweifel an sich selbst gekommen sind.

»Was interessiert dich das? Du musst doch bestimmt gleich wieder zum Tennis oder bekommst Besuch von deinen scheinheiligen Freundinnen. Vielleicht hättest du mich mal nach meinem Befinden fragen sollen, als es mir wirklich schlecht ging. Aber du hast ja nicht mal, als ich die Schule wechseln wollte, ernsthaft nachgefragt, warum ich das tue. Wenn dir wirklich etwas an mir liegt, dann findest du mich. Ansonsten kannst du dir ja deine Welt wieder schönreden und Papa quälen.«

Sabine hatte schon vor einiger Zeit eine Stelle als Kellnerin gefunden. Es war zwar nicht wirklich ihr Ziel gewesen, mit einem Abi in der Tasche als Kellnerin zu arbeiten, aber irgendwo musste das Geld für ihre kleine Wohnung ja herkommen.

»Hallo, ich bin Sören«, sagte schon am ersten Tag ein extrem gutaussehender junger Mann, der keine Sekunde damit wartete, sich als Juniorchef des Restaurants zu outen, zu Sabine.

»Ich bin Sabine«, antwortete sie und war sofort hin und weg.

»Ich weiß, ich habe deine Bewerbungsmappe gesehen.« Sabine wusste gar nicht, was sie sagen sollte. Sören ließ ihre Hand nach dem Schütteln überhaupt nicht mehr los. Stattdessen kam er immer näher und flüsterte ihr etwas ins Ohr.

»Wenn du willst, kann ich dir jeden Winkel des Hauses zeigen.«

In ihrer Naivität ging Sabine davon aus, dass an diesem Punkt, am ersten Tag im Job, ihr Leben eine Wendung nahm und sie ab sofort vom Standstreifen ohne Umwege auf die Überholspur wechseln konnte.

»Aber gerne. Ich muss ja schließlich wissen, wo alles ist.«

Sören hatte schon viele solcher Situationen hinter sich und konnte gleich einschätzen, dass Sabine ein leichtes Opfer sein würde. Ihm war es völlig egal, ob eine junge Frau sich Hals über Kopf in ihn verliebte. Er wollte nur seinen Spaß. Alles andere war ihm egal.

»Du bist etwas ganz Besonderes«, hauchte er ihr ins Ohr, nachdem er sie in sein Büro gebracht und die Tür hinter sich abgeschlossen hatte.

»Meinst du wirklich?«, fragte Sabine vorsichtshalber noch einmal nach, um auch ganz sicher zu gehen. Das maßlose Verprassen schmalziger Floskeln kam nun auch ihr etwas merkwürdig vor. Doch was hatte sie schon zu verlieren?

»Na klar«, antwortete Sören und riss ihr die Restaurantbluse vom Leib.

Alles Weitere kam, wie es kommen musste. Sabine musste erfahren, dass ihr Chef ein Arschloch war und sich schon am nächsten Tag scheinbar nicht mehr daran erinnern konnte, was er ihr ins Ohr geflüstert hatte. Doch wenn Sabine eines von ihrer Mutter gelernt hatte, dann war es die ständige Aufforderung, immer dafür zu sorgen, etwas gegen die Menschen in der Hand zu haben, bei denen es sich lohnen würde. Und so ließ Sabine ihre Handykamera mitlaufen und hatte auch noch das Glück, dass man das Gesicht von Sören deutlich erkennen konnte. Sören war so mit ihren Brüsten beschäftigt gewesen, dass er nicht bemerkte, wie Sabine ihr Smartphone aus der Tasche holte und es im richtigen Winkel an das übergroße Telefon auf dessen Schreibtisch lehnte. Sie hatte wirklich für einen Moment gehofft, Sören könnte es ernst mit ihr meinen, musste sich aber recht schnell eingestehen, dass dieser Typ, trotz des Geldes, wohl nicht derjenige in ihrem

Leben sein würde, mit dem sie glücklich werden könnte. Und sie hatte nach dieser Aktion auch kein Bedürfnis, Sören mit Anschuldigungen auf die Nerven zu gehen. Schließlich hatte sie jetzt einen Joker.

Das Video wollte sie gut aufbewahren. Sabine hätte natürlich auch sofort damit zu Sören gehen können, doch das wäre wahrscheinlich nicht sehr klug gewesen. Es wäre ihm vielleicht auch ziemlich egal gewesen oder möglicherweise wäre er sogar stolz darauf gewesen. Aber irgendwann würde der Zeitpunkt kommen, an dem sie es nutzen könnte. Sie tat ihm den Gefallen und machte gute Miene zum bösen Spiel. Sie war freundlich zu ihrem Chef und der hielt sich dadurch wohl endgültig für den Größten. Immerhin ließ er Sabine in Zukunft in Ruhe und räumte ihr hier und da sogar Sonderrechte ein. Sie hielt ihn zwar weiterhin für ein Arschloch, aber immerhin mutierte er ihr gegenüber zu einem ziemlich netten Arschloch.

Sabine speichert das Video sicherheitshalber auf drei verschiedenen USB-Sticks.

Kapitel 15 – Thommy

An einem ziemlich verregneten Morgen wachte Thommy mit einem verdammt üblen Kater auf. Obwohl nur wenig des matten Lichts durch seine Rollladenschlitze in das Schlafzimmer drang, musste er seine Augen extrem zusammenkneifen. Die Kopfschmerzen waren kaum auszuhalten und an ein Aufstehen war eigentlich nicht zu denken. Wäre da nicht dieser abartige Druck in seiner Blase, die zu bersten drohte, sollte er sich nicht jeden Moment auf den Weg zur Toilette machen. Erschwerend kam noch hinzu, dass ihm hundeelend war und er für einen Moment nicht wusste, welches Übel das kleinere wäre. Er spielte gedanklich zwei Möglichkeiten durch. Aufstehen, versuchen den Weg in die Toilette zu schaffen und dabei zu riskieren, dass er kotzen musste. Oder liegen bleiben und seine Blase in den Bierkrug neben dem Bett zu entleeren. Wobei er keine Ahnung hatte, wie der Krug an sein Bett kam.

Kurz bevor er eine Entscheidung treffen konnte, spürte er eine Berührung, die er nicht einordnen konnte. Thommy erschrak so sehr, dass er mit einem Satz aus dem Bett sprang, den Krug umwarf und ein paar Tropfen in die Hose gingen.

»Verdammte Scheiße«, fluchte er und wusste im ersten Moment nicht, was das Schlimmste an der Situation war. Die feuchte Hose, das Gefühl, sich jeden Moment übergeben zu müssen, oder doch die Frau, die nackt in seinem Bett lag. Er hätte schwören können, sie noch nie gesehen zu haben. Und er hatte keine Ahnung, wie um alles in der Welt er gerade mit dieser Frau im Bett lag. Sie wog geschätzte 130kg, hatte einen nicht rasierten Damenbart und fettige Haare.

In seinem Körper setzte sich plötzlich ganz von selbst ein Notfallplan in Gang und veranlasste ihn dazu, sich sofort im Bad einzuschließen. Glücklicherweise hatte er das Waschbecken neben der Toilette und konnte sich übergeben und pinkeln gleichzeitig.

»Das gibt's doch gar nicht«, flüsterte Thommy vor sich hin und rieb sich die tränenden Augen. Er beschloss, ab sofort sein Leben wieder radikal zu ändern. So konnte das unmöglich weitergehen. Er fing sogar an, sich für sein Verhalten zu schämen und hatte keine Ahnung, wie er dieser Frau in seinem Bett klarmachen sollte, dass er nicht einmal ansatzweise wusste, was letzte Nacht geschehen war. Er hoffte inbrünstig, dass nichts passiert war, doch das war den Indizien zufolge eher unwahrscheinlich. Im selben Moment bewegte sich die Türklinke nach unten. Zum Glück hatte er abgeschlossen. Darauf folgte ein mächtiges Hämmern an der Badezimmertür.

»Lass mich mal rein, ich glaub ich muss kotzen«, rief eine tiefe Frauenstimme und Thommy bekam es mit der Angst tun. Nicht direkt vor der großen Unbekannten, die wohl gleich die Tür eintreten würde, sondern viel mehr vor sich selbst. Was war mit ihm passiert? Er hätte schreien können vor Wut und schwor sich in diesem Moment, sein Leben wieder in den Griff zu bekommen.

Doch vorher musste er irgendwie aus dieser Situation raus. Er wog seine Optionen ab und stellte zerknirscht fest, dass er keine hatte. Plötzlich dachte er nur noch an Flucht. Eine Flucht vor dieser Frau und eine Flucht vor seinem Leben. Glücklicherweise hatte er eine Wohnung im Erdgeschoss und ein Tageslichtbad. Er glaubte sich erinnern zu können, dass diese Bezeichnung in der Anzeige der Wohnung stand und das Fenster im Bad beschrieb. Als er den Mietvertrag unterschrieb, war ihm das ziemlich egal gewesen, doch jetzt war es wohl das sinnvollste Extra, dass diese Bude zu bieten hatte. Einen Moment zögerte er, denn dummerweise ließ er immer alle Klamotten im Schlafzimmer liegen und musste daher mit seinen Boxershorts und einem Feinrippunterhemd auskommen. Socken und Schuhe waren erst recht nicht greifbar.

So sprang er dann halb nackt aus dem Fenster und rannte los. In der Hoffnung, dass seine Wohnung bei seiner Rückkehr leer und die ältere Dame von nebenan, die einen Ersatzschlüssel für Notfälle hatte, zu Hause sein würde. Thommy merkte erst nach etwa zweihundert Metern, dass es zu seinem Glück auch noch regnete wie aus Eimern. Er lief in einen angrenzenden Park und kauerte sich in einen kleinen Pavillon am Wegesrand. Er zog die Beine an den Körper und zitterte. Wenigstens verschaffte ihm der Regen wieder Klarheit im Kopf und der Restalkohol verflog. Schlimmer konnte es eigentlich nicht mehr kommen. Thommy war am Tiefpunkt seines Lebens angekommen und wäre am liebsten sofort auf eine einsame Insel verschwunden. Ohne Probleme und ohne andere Menschen. Er wollte eigentlich nur noch alleine sein.

»Bist du nicht Thommy?«, hörte er eine weibliche Stimme fragen, nachdem er so in Gedanken versunken war, dass er seine Umwelt nur noch gedämpft wahrnahm. Er schaute auf und sah eine ziemlich hübsche junge Frau unter einem bunten Schirm am Eingang seines Unterschlupfes stehen. Im ersten Moment konnte er sie aber nirgendwo einordnen.

»Kennen wir uns?«, antwortete er fragend. Im ersten Moment wollte er eigentlich nur seine Ruhe und konnte sich gerade noch beruhigen, bevor er sie wegschicken wollte. Schließlich wollte er ja ein neues Leben beginnen. Und vielleicht war genau das die Situation, aus der er freundlich und mit genügend Demut herausgehen sollte. Und außerdem war es schon beachtlich, von einer gutaussehenden Frau angesprochen zu werden, während man in Unterwäsche völlig durchnässt in einem Park sitzt. Es war so unrealistisch, dass es schon wieder fast komisch war.

»Ich bin Sabine, wir waren mal in derselben Klasse.«
Da fiel es Thommy wieder ein. Sabine. Sie sah damals schon verdammt gut aus und wenn er sich richtig erinnern konnte, hatte er sie damals auch geküsst. Aber ganz sicher war er sich nicht und stellte diese Frage erst mal zurück.

»Ja, jetzt kann ich mich erinnern«, sagte Thommy und beschloss die Tatsache, dass er in einem ziemlich erbärmlichen Gesamtzustand war, als er eine alte Klassenkameradin wieder traf, einfach zu ignorieren. »Schön dich wiederzusehen.«

»Ja, finde ich auch«, antwortete Sabine, klappte ihren Schirm zusammen und setzte sich zu Thommys Verwunderung ebenfalls in den Pavillon. »So ein Mistwetter.«

Thommy fragte sich schon, ob es Sabine nicht komisch vorkam, dass er hier in ziemlich unpassender Kleidung herumlungerte, als er ihren Blick an sich herunterwandern spürte.

»Frag bitte nicht«, kam Thommy ihr zuvor.

»Ok«, sagte Sabine und ließ es tatsächlich für den Moment auf sich beruhen. »Was hast du die letzten Jahre so gemacht?«

Noch bevor Thommy antworten konnte, wickelte sich Sabine ihren übergroßen Schal vom Hals und legte ihn um seine Schultern. Das war ein Moment, den Thommy später zu den schönsten seines Lebens zählen sollte. Es war nur eine kleine Geste, aber für ihn war es ein Zeichen.

Er konnte nicht einmal genau einordnen, was ihn daran so sehr berührte. Vielleicht war es, weil Sabine keine Fragen stellte, die er nicht beantworten wollte, oder vielleicht war sie ja an einem ähnlichen Punkt in ihrem Leben und war froh einem anderen helfen zu können. Mit Worten war es wohl auch nicht zu beschreiben. Thommy hätte sich am liebsten sofort an Sabine gekuschelt und die Trauer über seinen armseligen Lebensabschnitt in ihren Schal geheult, doch diese Blöße wollte er sich dann doch nicht geben.

Aber er entschied sich, Sabine seine ganze Geschichte zu erzählen. Mit Ausnahme einiger Details und ganz sicher ohne die letzte Nacht. Es war auch so sehr bewegend und es tat ihm gut. Er hatte seine Geschichte noch nie erzählt und Sabine musste an vielen Stellen mit den Tränen kämpfen. Es sprudelte aus ihm heraus und jedes Wort war wie ein kleines Gewicht, das von seiner Seele fiel. Irgendwann erzählte auch Sabine ihre Geschichte und die beiden saßen den halben Tag nebeneinander auf der dieser Bank.

Später waren beide unter Sabines Schal eingewickelt und wärmten sich gegenseitig. Ganz ohne, dass etwas passierte. Sie genossen die Nähe und waren beide froh, einen Menschen gefunden zu haben, der zu verstehen schien, dass unter einer äußerlich unerschütterlich erscheinenden Fassade, auch etwas Zerbrechliches war.

Leider musste Thommy feststellen, nachdem sie Adressen und Telefonnummern ausgetauscht hatten und er wieder zu Hause angekommen war, dass er noch ein paar Reste aus seinem alten Leben zu beseitigen hatte. Seine Eroberung der letzten Nacht war zum Glück nicht mehr in seiner Wohnung, aber sie hatte ihm ein paar Andenken hinterlassen. Die Tür stand weit offen und darauf war mit einem dicken Filzstift „ARSCHLOCH" geschrieben. Der Stift war natürlich nicht wasserlöslich und es war eine langwierige Arbeit die Buchstaben zu entfernen. Das war aber noch nicht das Schlimmste. Vor der Tür zum Badezimmer fand er eine beachtliche Lache Erbrochenes vor, an der sich auch schon ein paar Fliegen labten. Der Gestank war fast unerträglich. Er war noch viel schlimmer als die zerbrochenen Teller in der Küche, der demolierte Spiegel an der Garderobe und das aufgeschlitzte Sofa. Da hatte jemand ganze Arbeit geleistet und Thommy konnte noch nicht einmal richtig sauer sein. Wenn, dann höchstens auf sich selbst. Und so machte er sich am nächsten Tag daran, geduldig die Spuren zu beseitigen. Wahrscheinlich musste das so sein, denn jeder Handgriff kam ihm wie eine Befreiung auf dem Weg in sein neues und hoffentlich besseres Leben vor.

Kapitel 16 – Louis Poppen (Ich)

Mittlerweile war ich so ziemlich am Ende meines Studiums angekommen. Mir machte das Thema nach wie vor Spaß, auch wenn es mich teilweise erschütterte, was in den Verhaltensweisen meiner „Freunde" von früher alles zu deuten war. Vor allem bei Robert, der ja dasselbe studierte wie ich. Wobei ich inzwischen glaubte, dass Robert zum Teil auch ein guter Schauspieler war und sich innerlich köstlich darüber amüsierte, wie es andere mit der Angst zu tun bekamen, wenn er wieder seine psychopathischen Grundzüge an den Tag legte. Das Erstaunliche an ihm war eben, dass jeder zwangsläufig diese Gedanken bekam, doch keiner jemals etwas beschreiben konnte, was das auch nur ansatzweise manifestierte. Ich hoffte nur, dass er aus seinen zukünftigen Patienten keine Psychopathen machte.

Der Lernstress am Ende des Studiums war echt schlimm. Und ich beschloss mir irgendwo ein Ventil zu suchen, mit dem ich meinen Frust ablassen konnte. Und das fand ich in einer Kampfsportgruppe. Hier bekam ich meinen Kopf frei und trainierte eigentlich jeden Tag, sobald ich etwas Luft hatte. Es tat mir gut und vor allem hatte ich das Gefühl, endlich nicht mehr zwangsläufig das Opfer sein zu müssen.

An einem sehr warmen Tag, den ich lernend an der Neckarwiese verbrachte, traute ich mich sogar, einfach meine Übungen mit nacktem Oberkörper zwischen all den Menschen zu machen, die ebenfalls auf der Wiese lagen. Ich konnte sogar den ein oder anderen Blick spüren, den mir ein paar weibliche Kommilitonen schenkten und sichtlich überrascht waren. Wobei ich ja selbst von mir überrascht war und fast nicht glauben konnte, was ich hier tat. Doch dieser Zustand hielt nicht lange an.

»Hey, Poppen!«, rief plötzlich jemand quer über die Wiese. Und diese Stimme kam mir sogar irgendwie bekannt vor. »Was machst du denn da für Verrenkungen? Kommst du dir nicht blöd dabei vor?«

Ich versuchte zwischen den Menschen den Besitzer der Stimme auszumachen und musste auch nicht lange warten, bis sich ein braun gebrannter Adonis auf mich zu bewegte. Es war der Vollidiot, dem ich an meinem ersten Tag in Heidelberg die Landung in einem Teller Spaghetti zu verdanken hatte. Eigentlich dachte ich, dass er damals seine Lektion gelernt hatte. Wahrscheinlich war ich aber in letzter Zeit zu wenig mit Robert unterwegs gewesen oder er war betrunken. Seinem Gang nach zu urteilen, traf eher Letzteres zu.

»Lass mich in Ruhe«, antwortete ich halbwegs gelassen und machte weiter meine Übungen. Scheinbar hatte er etwas mehr Demut erwartet und kam mit ziemlich übler Laune näher. Vielleicht hatte er auch gerade irgendwelche anderen Probleme und dadurch eine etwas verminderte Frustrationstoleranz. Wie auch immer. Die Situation war angespannt und eh ich mich versah, stieß er mich zu Boden.

»Du glaubst wohl, du kommst damit durch.« Ich hatte im ersten Moment keine Ahnung, was er damit meinen könnte. Doch plötzlich wurde mir alles klar. Er wollte sich für die Aktion von Robert an mir rächen und hatte wohl wegen seines alkoholisierten Zustands keine Angst davor, dass mein Freund von damals auf einmal auftauchen könnte. Und in diesem Punkt musste ich ihm recht geben. Ich glaubte auch nicht, dass Robert aus dem Nichts im Superman-Kostüm auftauchen und mich aus dieser Situation retten würde. Da musste ich wohl selbst durch. Und ich hatte definitiv keine Lust, mich kampflos geschlagen zu geben. Für was machte ich denn den ganzen Mist mit dem Kampfsport? Die Zeit war reif, endlich meine Dämonen zu besiegen. Und das hier und heute, in Form dieses Idioten, dessen Namen ich nicht einmal kannte. Oder ich hatte ihn verdrängt. Das wusste ich nicht mehr.

Ich sprang auf, stellte mich wie Bruce Lee vor ihn hin und starrte ihn an.

»Was soll das denn, du Verlierer«, lachte er und da brannten mir wohl die Sicherungen durch. Ich rannte auf ihn zu, sprang vom Boden ab und mein Fußtritt traf ihn ohne Widerstand von unten mit voller Wucht am Kinn. Er war wohl viel zu überrascht, als dass er mich hätte irgendwie abwehren können. Oder vielleicht auch nur zu betrunken, aber das war in dieser Situation völlig egal. Ich triumphierte und mein Gegner sackte zu Boden.

Leider war mein Widersacher im Nehmen nicht allzu gut und zeigte mich doch tatsächlich bei der Polizei an. Eigentlich war es ja paradox, dass genau so jemand Anzeige erstattete. Ich hätte mal gerne gewusst, wie vielen er schon einen Kinnhaken verpasst hatte, ohne die Konsequenzen dafür tragen zu müssen. Was in meinem Fall noch erschwerend hinzukam, war der unglückliche Umstand, dass ich ihm den Kiefer gebrochen hatte. Es war das erste Mal, dass ich mich ernsthaft in meinem Leben gewehrt hatte und dann gleich so etwas.
»Warum immer...«, ich verdrängte das letzte Wort und redete mir ein, dass ich trotzdem einen sagenhaften Triumph errungen hatte. Wäre dieser Typ nicht so ein verdammtes Arschloch gewesen, hätte ich sicher ein schlechtes Gewissen bekommen. Aber so war es mir herzlich egal. Irgendwann kam dann ein weiteres Schreiben von der Polizei, in dem ich eigentlich die Vorladung zu einer Verhandlung vermutet hätte. Zu meiner Überraschung war es aber die Information, dass die Anzeige zurückgezogen wurde, weil sich tatsächlich mehrere Zeugen gefunden hätten, die unabhängig voneinander bestätigten, ich wäre aufs Äußerste provoziert und sogar körperlich angegangen worden.

Unglaublich, ich konnte mein Glück kaum fassen. Scheinbar gab es doch noch so etwas wie Gerechtigkeit. Nach dieser Aktion schaute auch Robert kurz bei mir vorbei und beglückwünschte mich. Nachdem er mir ja schon öfter die Haut gerettet hatte, war das so etwas wie ein kleiner Ritterschlag. Obwohl mir Robert zu dieser Zeit immer suspekter wurde. Er hatte sich mit ein paar Kommilitonen zusammengetan und eine Studentenvereinigung gegründet. Offiziell befassten sie sich mit ganz normalen Themen der Psychologie, doch es kamen immer wieder Gerüchte auf, die Gruppe wäre nicht ganz normal. In meinen Augen war Robert noch nie wirklich normal gewesen und daher wunderte mich das eigentlich nicht.

Irgendwann kamen dann Gerüchte auf, sie würden irgendwelche verrückten psychologischen Experimente an nicht immer freiwilligen Probanden durchführen. Obwohl ich es mir nicht vorstellen konnte, dass an diesen Geschichten was dran war, beunruhigten mich die Geschichten doch zunehmend. Robert hatte es aber auch schon immer verstanden, Gerüchte zu streuen, ohne überhaupt etwas zu sagen. Ich musste unweigerlich an das Gespräch in der Schule über Thommy denken und mir lief ein kleiner Schauer über den Rücken. Ich winkte innerlich ab und schob das ungute Gefühl zur Seite. Schließlich war noch nie etwas an den Geschichten dran gewesen, die man über Robert hörte.

Doch eines Tages stürmte tatsächlich die Polizei eines von Roberts Treffen und stellte den ganzen Laden auf den Kopf. Im Nachhinein kam heraus, dass ein paar weibliche Studentinnen eine solche Angst vor den Gerüchten hatten, dass sie gleich noch etwas dazu dichteten und panisch die Polizei alarmierten, als eine ihrer Freundinnen einen ganzen Tag lang nicht erreichbar war. Und auch dieses Mal entpuppten sich die Gerüchte um Robert wieder als völlig an den Haaren herbeigezogen. Er und seine Freunde taten nichts anderes, als psychologische Theorien zu diskutieren. Die waren vielleicht teilweise etwas abgedreht, was aber nicht strafbar ist. Die verschwundene Freundin hatte lediglich ihr Smartphone verloren und konnte gar nicht antworten, als sie ohne sich abzumelden bei einem Kommilitonen übernachtet hatte.

Jedenfalls grinste Robert einmal mehr in sich hinein und pflegte sein Image als Psychopath für Arme weiter. Es schien ihm nichts auszumachen, dass die Frauen eher flüchteten, als sich von ihm angezogen zu fühlen.

Kapitel 17 – Belinda Schowanowski

Nach dem Studium konnte Belinda tatsächlich in der Nähe ihrer Heimatstadt eine Stelle als Lehrerin annehmen. Sie freute sich wahnsinnig auf ihre erste Klasse. Das Referendariat hatte sie zuvor an einer anderen Schule hinter sich gebracht und war nun motiviert bis in die Haarspitzen. Die Kollegen waren nett und es gab sogar einen männlichen Lehrer, der genau in ihr Beuteschema passte. Besser konnte der Anfang gar nicht laufen. Doch zu diesem Zeitpunkt hatte sie ihre Klasse noch nicht richtig kennengelernt. Aber was sollte an einer ersten Klasse schon schwierig werden? Wenn man den erfahrenen Kollegen glauben konnte, waren die Neulinge immer extrem interessiert und liebten ihre Lehrerin. Schwierig würde es erst später werden, hatten die anderen gesagt.

Das Später war bei Belinda aber schon nach den ersten Wochen. Der Anfang war tatsächlich ganz harmonisch verlaufen. Da sie das Glück hatte, in einer sehr guten Gegend an einer Grundschule zu sein, kamen die Kinder fast ausschließlich aus gutem Haus. Keine sozialen Brennpunkte und auch sonst war man hier von der teilweise bitteren Realität der Großstädte weit entfernt. Unter diesen Voraussetzungen sollte das alles kein Problem werden. Doch Belinda hatte die Eltern unterschätzt. Und das wirkte sich wiederum auf die Kinder aus, die zumindest teilweise ein Problem mit Autorität und Respekt hatten. Einige von ihnen waren es von zu Hause gewohnt, auf die armen Au-Pair-Mädchen verbal einprügeln zu dürfen, ohne, dass diese sich wehren konnten oder durften. Schließlich wollten sie ihren Job nicht verlieren. Andere hatten eine Haushälterin, die mehr eine Oma, als eine Respektsperson war. Also alles in allem, im Gegensatz zu den ersten Eindrücken, eine nicht ganz einfache Situation.

»Wenn sie mir eine Strafarbeit geben, dann sage ich das meiner Mutter«, war eine der ersten Androhungen, der kleinen Mia, nachdem Belinda anmerkte, dass ein Smartphone während der Stunde im Unterricht nichts zu suchen hatte. Davon abgesehen, dass für eine Sechsjährige ein Smartphone vielleicht generell nichts ist, wollte Belinda wenigstens durchsetzen, dass es ausgeschaltet in der Tasche zu sein hat.

»In der Stunde mache ich die Regeln, und wenn du dich daran nicht halten kannst, musst du eben mit einer Strafe rechnen«, erklärte Belinda anfangs noch geduldig, weil sie an das Gute in Mia glaubte.

»Gar nichts muss ich. Meine Mama sagt, ich kann alles erreichen, was ich will.«

»Das meint sie wahrscheinlich aber etwas anders. Selbst wenn man alles erreichen kann, muss man sich an Regeln halten.«

»Ich will aber erreichen, dass mein Smartphone während der Stunde an ist, falls mich meine Mutter anrufen will.«

»Ich glaube deine Mutter kennt deinen Stundenplan und weiß genau, wann sie dich in den Pausen erreichen kann.«

Belinda wurde langsam etwas ungeduldig, wollte aber versuchen, die Einsicht ihrer Schülerin zu wecken. Was ihr allerdings nur mäßig gelang.

»Wissen sie«, erklärte Mia. »Meine Mama hat einen echt wichtigen Job und kann sich nicht an die Pausenregelungen der Schule halten, wenn sie mir etwas mitteilen will.«

Mia grinste und legte ihr Smartphone provozierend auf den Tisch. Belinda kochte schon vor Wut, weil die kleine Rotzgöre kurz davor war, sie mit ihren sechs Jahren komplett aus der Fassung zu bringen. Und das wollte sie auf gar keinen Fall zulassen. Deshalb zog es Belinda vor, die Diskussion zu beenden und das Smartphone an sich zu nehmen.

»Das dürfen sie nicht«, sagte Mia mit einem Klang in der Stimme, der vermuten ließ, sie sei es gewohnt, klare Anweisungen zu geben.

»Und was willst du dagegen tun?«, fragte Belinda.

»Das werden sie schon sehen.« Mia lächelte erschreckend überheblich und war schon wieder so ruhig, dass es fast beängstigend war. Belinda wusste in diesem Moment nicht, ob sie gewonnen hatte. Gleichzeitig ärgerte sie sich maßlos über das Verhalten ihrer Schülerin und beschloss daher, noch einmal eindringlich auf die Strafarbeit zu pochen.

»Und bis morgen malst du ein Verbotsschild für Smartphones, das wir dann in der Klasse aufhängen werden.«

»Das werde ich nicht tun«, antwortete Mia und Belinda war kurz davor zu platzen.

»Dann werde ich deine Eltern zu einem Gespräch in die Schule einladen müssen.«

Doch das musste sie gar nicht. Mias Eltern standen schon am nächsten Morgen auf der Matte und das, obwohl sie ja echt wichtige Jobs hatten. Komischerweise gab es sogar einen Termin mit dem Rektor. Und den hatte Belinda auch nicht vereinbart. Belinda versuchte so freundlich wie möglich in dieses Gespräch zu gehen und herauszufinden, warum sich Mia so schwer mit Regeln tat.

»Guten Morgen. Ich bin Lehrerin von Mia«. Belinda lächelte und streckte Mias Mutter die Hand hin. Diese ignorierte Belindas Hand und kam stattdessen gleich zur Sache.

»Das dachte ich mir. Was sollten sie sonst bei diesem Gespräch machen?«

Belinda ließ ihre Hand sinken und wusste in diesem Moment, dass diese Unterhaltung nicht in ihrem Sinne verlaufen würde. Ganz im Gegenteil. Irgendetwas sagte ihr, dass auch nicht auf Rückendeckung seitens des Rektors zu hoffen war. Trotzdem erklärte Belinda ausführlich, warum Smartphones während des Unterrichts verboten sind, und dass sich auch alle anderen Schüler daran halten würden. Mias Eltern hörten sich Belindas Ausführungen mehr oder weniger geduldig an, waren aber sichtlich froh, als sie endlich fertig war. Allerdings machten sie sich selbst gar nicht die Mühe zu antworten.

»Sagen sie es ihr«, sagte Mias Mutter stattdessen zum Rektor und dieser gehorchte aufs Wort.

»Für Mia haben wir hier aus bestimmten Gründen eine Sonderregelung«, war die knappe Antwort.

»Und diese bestimmten Gründe wären welche?«, wollte Belinda wissen. So einfach gab sie sich nicht geschlagen.

»Das müssen sie nicht wissen«, antwortete jetzt Mias Vater. »Und damit hat sich dann ja auch ihre sinnlose Strafarbeit erledigt.«

Die beiden verabschiedeten sich noch vom Rektor und verließen das Büro, ohne auch nur eine Standardfloskel zur Verabschiedung an Belinda zu richten.

»Was war das jetzt bitte?«, wollte nun Belinda vom Rektor wissen.

»Es hat eben auch Schattenseiten, wenn der Großteil der Kinder aus gut betuchtem Elternhaus kommt und diese auch noch regelmäßig Spendengelder für den Förderverein überweisen. So ist das leider nun mal.«

»Und so akzeptiert man einfach, dass die kleinen Monster sich schon im zarten Alter von sechs Jahren zu ausgewachsenen, arroganten Arschlöchern entwickeln?«

Belinda kochte vor Wut, versuchte aber äußerlich ruhig zu bleiben und scheinbar nahm ihr Chef die verbale Entgleisung auch nicht persönlich.

»Tja, so ist das eben. Dafür haben wir hier aber keine sozialen Brennpunkte. Das hat doch auch was.«

So wie es aussah, war der Rektor mit sich im Reinen. Ihn störte das deutlich weniger als Belinda. Sie dachte kurz darüber nach, ob der Förderverein auch sein Privatkonto berücksichtigte, zog es aber vor, diese Vermutung für sich zu behalten. Und damit war dann das Gespräch auch beendet. Im Klassenzimmer angekommen, war es gleichzeitig der Auftakt völliger Anarchie unter Erstklässlern. Mia strahlte über das ganze Gesicht und scheinbar wussten auch schon alle Klassenkameraden, dass die Schülerin einen haushohen Sieg über die Lehrerin eingefahren hatte. Zum Glück hatten nicht alle Kinder in diesem Alter bereits ein Smartphone und so hielt sich wenigstens in einem Teil der Klasse die Sympathie für Mia in Grenzen. Doch bei den restlichen Schülern war das der Aufruf, ihre Smartphones ebenfalls auf den Tisch zu legen.

»Das dürfen die aber gar nicht«, stellte Sophia messerscharf fest. Sie gehörte nämlich zu den armen Erstklässlern ohne Handy. Belinda wusste natürlich, dass auch Sophia liebend gerne ein Smartphone auf den Tisch gelegt hätte und der Protest eher ihrem Neid geschuldet war, doch genau diesen Teil der Schüler musste sie mobilisieren. In diesem Moment erklärte sie den kleinen Scheißern innerlich den Krieg.

Nach der Stunde, in der sich Mia in ihrem Erfolg sonnte und sich vorkam wie eine kleine Königin, bat Belinda Sophia noch einen Moment zu bleiben. Als alle anderen weg waren, machte sie sich ihre Schülerin zur Verbündeten. Was nicht besonders schwer war, denn auch Sophia zählte genau wie Belinda in ihrer Schulzeit zu den Außenseitern. Und selbst Sophia hatte in ihrem jungen Leben schon feststellen müssen, dass das Geld der Eltern das Talent und die Intelligenz der Kinder, problemlos ersetzen kann.

»Du ärgerst dich darüber, dass Mia und die anderen heute ihre Smartphones auf den Tischen liegen hatten, stimmt´s?«

»Ja«, sagte Sophia schüchtern und wusste noch nicht so recht, was hier gerade auf sie zukam.

»Willst du mir helfen, dass die blöden Ziegen das nicht mehr dürfen?«, fragte Belinda und hoffte inständig, dass Sophia diese Mädchen auch selbst für blöde Ziegen hielt.

Sophia schien zu überlegen. Sie drehte mit dem Finger in ihren blonden Locken und nickte dann schließlich mit einem breiten Grinsen im Gesicht.

»Es ist auch gar nicht schwer«, erklärte Belinda. »Du musst deinen Eltern nur sagen, dass Mia und die anderen ihre Telefone auf den Tischen liegen hatten und dass das eigentlich verboten ist und den Unterricht stört. Wenn deine Eltern beim ersten Mal noch nichts machen, dann sagst du es ihnen eben morgen noch einmal. Ich verspreche dir auch, dass ich niemandem etwas von unserer Abmachung erzählen werde.«

»Ok«, antwortete Sophia und ging.

Und tatsächlich war es schon am nächsten Morgen soweit. Scheinbar hatte sich Belinda genau die Richtige ausgesucht, um den kleinen Arschlochkindern und ihren Eltern den Kampf anzusagen. Sophias Mutter war eher der alternativen Ecke zuzuordnen und hatte so gar kein Verständnis dafür, dass Kinder in der Grundschule ihre Zeit mit Smartphones verschwendeten. Vor allem, weil sie damit auch die Erziehung der anderen um ein Vielfaches erschwerten.

»Das kann ja wohl nicht sein«, wetterte Sophias Mutter und Belinda freute sich innerlich schon wie ein kleines Kind. Sie nahm die zeternde Mutter sofort mit zum Rektor. Die wunderte sich natürlich sehr darüber, dass die Lehrerin freiwillig zu ihrem Henker wollte, aber sie wusste ja auch nicht, dass Belinda alles inszeniert hatte. Sophia hatte ihre Sache bravourös gemeistert. Und das, so versprach Belinda sich selbst, wird sich in der Beurteilung ganz extrem zu ihren Gunsten auswirken.

Beim Direktor angekommen, bekundete Sophias Mutter noch einmal lautstark ihren Unmut und erwähnte auch noch kurz das Wort Oberschulamt. Was wiederum den Rektor zum Einknicken veranlasste. Natürlich nur schweren Herzens, da er schon die Spendengelder schwinden sah, aber mit der Behörde wollte er sich erst recht nicht anlegen. Und er wusste auch, im Gegensatz zu Belinda, dass Sophias Mutter selbst Lehrerin war und damit die entsprechenden Kontakte hatte. Noch am selben Tag wurde die Handykiste eingeführt. Jedes Kind mit Smartphone musste es beim Betreten des Klassenzimmers dort hineinlegen. Ganz besonders nett lächelte Belinda die kleine Mia an, als diese unter Tränen ihr Heiligtum aus der Hand gab.

Belinda war stolz auf diesen Sieg und ging noch am selben Abend mit einer Freundin feiern. Die beiden ließen es richtig krachen und Belinda fand sich am nächsten Morgen im Bett eines Fremden wieder. Nach dem ersten Schreck stellte sie fest, dass der Unbekannte immerhin ganz gut aussah. Sofern sie das in ihrem Zustand beurteilen konnte. Sie hatte einen tierischen Kater. Ihr war schlecht und die Kopfschmerzen waren kaum auszuhalten. Als sie versuchte mit verschwommenem Blick die Zeiger ihrer viel zu kleinen Armbanduhr zu erkennen, wurde ihr schlagartig klar, dass sie verpennt hatte. Es war überraschenderweise noch gar nicht Wochenende und sie musste in die Schule. Und zwar schnell. Nach der Aktion vom Vortag musste sie unbedingt halbwegs pünktlich erscheinen, um nicht gleich wieder Munition für die Arschlocheltern zu liefern. Daher konnte sie keinesfalls bei diesem echt süßen Typen liegen bleiben. Was eigentlich eine Schande war. Sie sprang auf und suchte ihre Sachen zusammen. Innerhalb weniger Minuten war sie fertig. Sie fand im Bad eine verpackte Zahnbürste und einen Kamm hatte er auch. Verdammt, ihr fiel nicht einmal sein Name ein.

»Wo willst du hin?«, fragte er, als sie sich zur Tür schleichen wollte. Belinda erschrak und stellte eine ganz ähnliche Frage.

»Wo bin ich eigentlich?«

Kapitel 18 – Sören

Sören hatte niemals auch nur den Anflug eines schlechten Gewissens. Weder wegen der Nummer mit Sabine noch sonst wegen irgendeiner Schweinerei, die er mit unzähligen Frauen veranstaltet hatte. Es war schon fast unverschämt, wie er immer auf der Sonnenseite, bei bestem Wind durch sein Leben segelte. Rein äußerlich hatte es die Natur schon ziemlich gut mit ihm gemeint, was gerade das Leben als Heranwachsender extrem vereinfachte. Nur beim Selbstvertrauen hatte sein Schöpfer definitiv zu viel erwischt. Er selbst hatte eher wenig zu seinem Kontostand beigetragen und erbte schon mit 25 die Restaurantkette seines Vaters. So etwas wie Demut und Dankbarkeit waren für Sören Wörter einer Sprache, die er nicht kannte. Es war auch völlig egal, wie bescheuert, erniedrigend oder abwertend er sich anderen gegenüber aufführte. Es fand sich bisher in seinem ganzen Leben niemand, der ihm mal so richtig eine reinhauen wollte. Obwohl er es definitiv verdient hätte und mindestens zwei Dutzend Menschen allen Grund dazu gehabt hätten. Er kam immer so davon. Bis auf eine Situation und da konnte er nicht einmal etwas dafür. Er war nur zur falschen Zeit am falschen Ort. So etwas nennt man dann wohl Ironie des Schicksals.

Sören war gerade dabei, sich an einem seiner freien Abende die Gunst der Besucher einer Bar zu erkaufen, als die mit Abstand schönste Frau, die er je gesehen hatte, den Raum betrat. Es war für Sören, als bliebe die Welt einen Augenblick stehen und die Geräusche um ihn herum verstummten. Alles spielte sich in Zeitlupe ab, das Glas, das er auf die Theke stellen wollte, fiel ihm aus der Hand und das völlig unbekannte Gefühl der Unsicherheit machte sich in ihm breit. Er konnte nicht anders, als diese Frau anzustarren. Dabei bemerkte er nicht einmal das Monster von einem Mann, das hinter ihr herging. Doch das war zur Abschreckung auch gar nicht nötig. Wahrscheinlich war das der erste Moment in seinem Leben, in dem es ihm die Sprache verschlug. Zumindest konnte er sich an keinen anderen erinnern. Und so kam es, dass Sören mit offenem Mund dastand und diese Frau an sich vorbeiziehen ließ, ohne sie anzusprechen. Allerdings entging ihr nicht, dass er sie mit seinen Augen förmlich auszog. Vielleicht genoss sie es in diesem Moment sogar, denn sie verzichtete darauf, ihrem Begleiter einen Tipp zu geben, wer sein nächstes Opfer sein könnte. Der sah nämlich aus wie einer, der sich die Zigarette in die Falte zwischen Nase und Stirn klemmte, seinen Gegner im Handumdrehen zu Brei schlug und danach genüsslich zu Ende rauchte.

Sören wurde extrem nervös, als sich diese Schönheit nach einer Weile auch noch an der Bar neben ihn drängte. Leider nur um etwas zu bestellen, aber schon das reichte aus, um den Schweiß auf seine Stirn zu treiben. Als sie ihr Getränk hatte, drehte sie sich um, zwinkerte Sören heimlich zu und wandte sich zum Gehen. Ab diesem Moment war er nicht mehr fähig zu denken und nahm auch nicht wahr, dass irgendjemand neben ihm, es als Mutprobe ansah, dieser Frau an den Arsch zu fassen. Und zwar nicht nur eine beiläufige Berührung, die man als Versehen hätte abtun können. Nein, dieser Typ griff für einen kurzen Moment richtig fest zu und zog seine Hand so schnell zurück, wie er sie an diesen perfekten Hintern heranbewegt hatte. Das einzige, was sie sehen konnte, als sie sich mit zornigem Blick umdrehte, war Sörens debiles Grinsen, der den Blick immer noch nicht von ihr abwenden konnte.

»Der hat mir voll an den Arsch gefasst«, hörte er eine schrille Stimme, die man trotz der Musik deutlich wahrnehmen konnte.

Doch erst der Schlag, der ihn mitten in sein Gesicht traf, ließ ihn aus seiner Starre erwachen. Er wusste überhaupt nicht, was los war. Sören spürte einen brennenden Schmerz, der sich über sein komplettes Gesicht ausbreitete. Eine Sekunde später konnte er sein eigenes Blut schmecken und das Letzte, was er sehen konnte, bevor ihm die Lichter ausgingen, war dieser Riese von einem Mann und dessen Faust, die blitzschnell immer größer wurde. Und dann wurde es dunkel.

Kapitel 19 – Sabine und Thommy

Wenn man als Jugendlicher schon wüsste, welche Wege das Leben irgendwann für jeden bereithält, wäre man während der Schulzeit deutlich entspannter. Gerade in Bezug auf die Alphatiere unter den Jungs und die gutaussehenden Mädchen, hinter denen alle Jungs her sind.

Bei den Jungs ist es ja oft so, dass es gerade diejenigen sind, die gut aussehen, sich nicht an Regeln halten und völlig selbstsicher über einem beschissenen Zeugnis stehen, die von den Mädchen angehimmelt werden. Als ob das nicht schon genug wäre, haben diese Jungs meistens noch eine gewisse Autorität den anderen gegenüber. Die einen wollen genauso sein und laufen als Rudel hinter ihrem Anführer her. Die anderen wollen nicht so sein und enden irgendwann als Außenseiter am Rande der Klassengemeinschaft zusammen mit denen die zwar so sein wollen, aber aus dem Rudel ausgestoßen werden. Im schlimmsten Fall ist es so, dass nicht einmal die Außenseiter einen gemeinsamen Nenner untereinander finden und sich gegenseitig ausgrenzen. Man geht, egal in welcher Position sich der einzelne Betrachter befindet, automatisch davon aus, dass sich diese Vorteile ein ganzes Leben lang fortsetzen.

Nicht anders ist es doch bei den Mädchen. Wer war früher nicht neidisch, auf die schöneren Haare, die ersten Ansätze von Brüsten oder einfach nur auf das bessere Aussehen der anderen Mädchen? Hier kennt sicherlich auch jeder die Clique der Überheblichen, die aufgrund von körperlichen Vorteilen, für die sie selbstverständlich nichts konnten, anderen das Leben schwer machten. Es ist eine zum Himmel schreiende Ungerechtigkeit, wenn man gehänselt wird, nur weil die Brüste später anfangen zu wachsen. Und auch hier geht man als Teenager ohne Zweifel davon aus, dass frühes Busenwachstum automatisch Erfolg im ganzen Leben bedeutet.

Sabine und Thommy widerlegten diese Thesen gemeinsam. Was natürlich ihren Opfern von früher nichts mehr brachte, es sei denn, die Wege kreuzen sich wirklich zweimal im Leben. Das Schöne daran aber ist, dass sich beide irgendwann auf die wirklich wichtigen Dinge im Leben besonnen haben. Sie stürzten beide vom Thron des Bewunderten und Beneideten in das traurige Tal der Bedeutungslosigkeit. Sie hatten kaum eine Möglichkeit etwas aus sich zu machen und gingen einen steinigen Weg, bis sie zufrieden in einem einfachen Leben ankamen. Sie drehten alles wieder auf null, waren froh sich gefunden zu haben und waren auch nicht zu stolz, noch einmal ganz von vorne anzufangen. Allerdings ist diese Einsicht nicht jedem gegönnt.

Bei Sabine und Thommy ging dann alles ziemlich schnell. Nachdem er seine Wohnung wieder in Ordnung gebracht und die letzten organischen Reste seines alten Lebens als Frauen ausnutzendes Arschloch beseitigt hatte, zogen beide in ihre erste gemeinsame Wohnung.

»Hast du nicht Angst zu spießig zu werden?«, fragte Sabine, als alles fertig war und die Wohnung aussah, wie eine perfekt gestylte Seite aus dem IKEA-Katalog. Alles passte zusammen und es war irgendwie komisch, dieses Heim als das eigene zu betrachten. Gerade weil beide bisher eher wenig Wert auf eine schicke Inneneinrichtung gelegt hatten.

»Nein, Angst habe ich nicht«, antwortete Thommy und nahm Sabine in den Arm. »Ich hoffe es.«

Früher hatte Thommy immer das Gefühl, dass ein Leben, das er als spießig bezeichnete auch gleichzeitig das Ende des Lebens sein musste. Doch jetzt war alles anders. Er fühlte plötzlich eine Sicherheit in seinem Leben, die er zuvor nie hatte.

»Das ist gut«, sagte Sabine und sah ihn dabei mit Tränen in den Augen an. »Ich glaube, ich bin schwanger.«

Für einen Moment stand die Zeit still. Sabine hatte Angst, dass Thommy damit völlig überfordert wäre. Sie wollte die neu gewonnene Geborgenheit auf keinen Fall aufs Spiel setzen.

Thommy war für einen Moment sprachlos. Vor seinem geistigen Auge fuhr ein langer Güterwaggon mit allen

Sorgen eines zukünftigen Vaters vorbei, der mehr geladen hatte, als er sich das je vorgestellt hatte. Doch auf dem letzten Waggon saß ein kleines Baby mit einem Schild in der Hand auf dem Stand: Alles wird gut, Papa.

»Ich werde Papa«, sagte Thommy mit tränenerstickter Stimme.

»Freust du dich?«, wollte Sabine wissen.

»Und wie!«

Das Glück von Sabine und Thommy verdoppelte sich sogar noch. Sie bekamen Zwillinge. Thommy wusste endlich wieder, für was er kämpfen wollte. Denn einfach war ihre Situation nicht. Aber sie waren glücklich und das war die Hauptsache. Thommy schaffte es sogar in den ersten Monaten die Familie alleine zu ernähren, da Sabine sich wenigstens die erste Zeit als Mutter voll um die Kinder kümmern wollte. Sie musste auch feststellen, dass es gar nicht anders möglich gewesen wäre. Es war unglaublich anstrengend, gleichzeitig zwei Babys gerecht zu werden. Besonders wenn beide gleichzeitig Hunger hatten. Sabine hatte sich fest vorgenommen, immer für ihre Kinder da zu sein und sie wollte so vieles anders machen, als ihre eigene Mutter.

Als sich die Sache etwas eingespielt hatte, wollte Sabine wenigstens eine Kleinigkeit zum Lebensunterhalt beisteuern und hatte die Idee, wieder als Kellnerin zu arbeiten.

»War das nicht so ein Arsch, bei dem du gearbeitet hast?«, fragte Thommy, als Sabine ihm diesen Vorschlag machte. Thommy wusste übrigens nicht, dass sie mit dem Chef des Restaurants geschlafen hatte. Und so wusste er natürlich auch nichts von dem Video, das Sabine für alle Fälle aufbewahrt hatte. Sabine hatte ein extrem schlechtes Gewissen deswegen, aber sie wollte Thommy auch nicht beunruhigen. Sören war ihr völlig gleichgültig und sie hätte ja auch genauso gut in einem anderen Restaurant bedienen können, aber mit dem Video in der Tasche würde der Stundenlohn sicher deutlich höher sein.

»Ja, schon«, antwortete Sabine. »Aber er bezahlt ziemlich gut.«

Sabine stand bei Sören im Restaurant an der Theke und hatte ihm gerade von ihrer Idee, wieder bei ihm zu arbeiten, erzählt. Selbstverständlich hatte sie nicht vergessen, gleich im zweiten Satz ihre Gehaltsvorstellung offen zu legen, die ungefähr um das doppelte höher lag, als es in der Branche üblich war. Sören lachte und winkte einer hübschen Frau zu, die gerade dabei war, sich um die Dekoration zu kümmern.

»Ich glaube, du spinnst«, antwortete Sören.

»Ist das da hinten deine Frau?«, wollte Sabine wissen, ohne auf Sörens Antwort einzugehen.

»Meine zukünftige Frau, ja. Aber was hat jetzt das eine mit dem anderen zu tun? Ich habe keine Zeit für Small Talk.«

»Vielleicht würde sie sich über ein kleines Video mit uns beiden freuen.«

»Was meinst du damit?«

Sabine sah es in Sörens Augen, dass er langsam nervös wurde. Er versuchte zwar krampfhaft das Pokerface aufrecht zu erhalten, aber das gelang ihm nur bedingt. Er schaute auffällig oft von Sabine zu seiner Freundin.

»Ich meine, dass du mit dem Video nicht wirklich gut wegkommst. Und ich denke, du weißt ganz genau, was auf dem Video zu sehen ist. Aber keine Angst, ich trauere dir nicht nach und will deinen Plänen nicht im Wege stehen. Das bist du gar nicht wert. Ich hoffe für deine Freundin, dass du dich mittlerweile geändert hast.«

Sören dachte angestrengt über seine Optionen nach, schien aber tatsächlich so intelligent zu sein, um ziemlich schnell festzustellen, dass diese extrem nahe bei null lagen. Immerhin konnte er sich wohl noch an Sabine erinnern, die gerade selbst Sörens zukünftige Frau winkend grüßte, was seine Nervosität weiter steigerte. Das nahm diese wiederum zum Anlass, Sörens Bekannte zu begrüßen.

»Hallo, ich bin Charlotte.« Charlotte streckte Sabine sie Hand entgegen und strahlte.

»Hallo, ich bin Sabine.«

»Kennt ihr euch?«, wollte Charlotte von Sören wissen, dem gerade immer weniger nach Small Talk war. Man konnte seinen Angstschweiß fast schon riechen und Sabine wusste, dass sie den völlig überbezahlten Job in der Tasche hatte. Trotzdem wollte sie noch eine Kleinigkeit draufsetzen. Schließlich traf es mit Sören ja auch nicht den Falschen und außerdem konnte es nicht schaden, den Druck ein wenig zu erhöhen.

»Ja klar«, antwortete Sabine für Sören. »Wir kennen uns von früher.«

Sabine strahlte Charlotte an, als wären sie und Sören früher die dicksten Freunde gewesen.

»Super«, sagte Charlotte. »Ich wollte schon immer mal jemanden kennenlernen, den ich über Sören ein bisschen ausfragen kann.« Charlotte überlegte kurz, ihr Blick wurde etwas ernster. »Ihr seid aber nicht zusammen gewesen, oder?«, hakte sie kritisch nach.

Sören erstarrte und Sabine musste schon wieder für ihn antworten. Was für ein Waschlappen.

»Quatsch, wir kennen uns nur von der Schule. Stimmt´s Sören?«

»Äh, ja. Genau.«

»Gut, ich glaube, das hätte ich auch nicht verkraftet. Du siehst einfach zu gut aus.« Charlotte gluckste und Sabine befürchtete, ohne es zu wollen, eine neue Freundin gefunden zu haben. »Und was treibt dich hierher?«

»Ach, ich habe Zwillinge bekommen und wollte einfach nebenher etwas Geld dazu verdienen. Und ich dachte mir, fragen kostet ja nichts.«

»Echt? Zwillinge?« Charlotte jubelte förmlich und Sören wusste gleichzeitig, dass er aus der Nummer nie wieder herauskommen würde. Er konnte froh sein, dass sie nur den doppelten Lohn verlangte.

»Willst du sie mal sehen?«

»Darf ich? Echt? Das wäre super. Du würdest sie doch auch gerne sehen, oder?«, stellte sie die Frage an Sören, der die Zwillinge natürlich am liebsten niemals sehen wollte.

»Auf jeden Fall.«

»Dann laden wir dich, deinen Mann und deine Zwillinge doch gleich zur Feier des Tages hier zum Essen ein. Das wäre doch ein wunderbarer Start, wenn du eh hier anfangen willst zu arbeiten, oder?«

»Gerne«, sagte Sabine und so kam es, dass sie quasi von Sörens zukünftiger Frau zu einem völlig überhöhten Gehalt eingestellt wurde. Und sie musste noch nicht einmal das Video zeigen. Sabine nahm sich vor, sich mit Charlotte etwas anzufreunden. Das würde sicherlich den Druck auf Sören aufrechterhalten.

Kapitel 20 – Belinda Schowanowski

Zu Belindas Verwunderung stand an dem gefühlt längsten Arbeitstag in ihrem Leben nach Schulschluss doch tatsächlich der Typ, der morgens neben ihr im Bett gelegen hatte, mit einem Strauß Blumen vor der Schule. Und er sah tatsächlich noch besser aus, als sie das nach dem Aufstehen mit ihren verquollenen Augen wahrgenommen hatte.

»Woher weißt du, dass ich hier unterrichte?«, fragte sie.

»Du hast es mir gesagt, Belinda.«

Verdammt, und ihr fiel nicht einmal sein Name ein. Sie musste noch viel betrunkener gewesen sein, als ihre Kopfschmerzen und das flaue Gefühl im Magen vermuten ließen. Aber wenn er den Weg hierher gefunden hat, würde er ihr sicherlich diesen kleinen Fauxpas verzeihen.

»Ich wage es ja fast nicht zu fragen«, setzte Belinda an und stockte kurz. »Also, ich glaube ich habe einen kleinen Blackout.«

»Frag ruhig«, antwortete der Mann ohne Namen.

»Hast du mir deinen Namen verraten?« Belinda versank fast im Boden vor lauter Scham.

»Nein«, sagte er und grinste. »Das wollte ich mir für heute aufheben.«

Das war die charmanteste Antwort, die er hätte geben können. Belinda schmolz dahin.

»Ok, wie heißt du?«

»Ich heiße Chris.«

Und Chris wurde tatsächlich Belindas fester Freund. Die beiden erlebten das volle Pärchenprogramm. Gemeinsam essen gehen. Ins Kino. Die gemeinsame Wohnung, für die sie sogar zusammen die Vorhänge ausgesucht hatten. Das alles war so unglaublich romantisch, dass Belinda von Wolke sieben gar nicht mehr herunterkam. Chris kochte sogar für sie.

Chris dachte an den Jahrestag, er vergaß keinen Geburtstag, brachte Blumen zum Valentinstag und schrieb ihr sogar gelegentlich kleine Liebesbriefe.

Es war eigentlich fast nicht zu glauben. Vor allem, weil das nicht nach ein paar Wochen aufhörte, sondern immer so weiterging. Jahrelang. Es dauerte sogar solange an, bis die gemeinsame Hochzeit geplant war. Belinda hatte ein Hochzeitskleid ausgesucht, das ihre eigenen Vorstellungen bei Weitem übertroffen hatte. Sie konnte die Feier gestalten, wie sie wollte. Chris ließ ihr völlig freie Hand und da er aus einer gut betuchten Familie kam, musste sie nicht einmal auf das Budget achten.

Chris würde in absehbarer Zeit eine Firma erben, deren Ertragslage so gut war, dass sie nie mehr würde arbeiten müssen, wenn erst einmal die Kinder da wären. Selbst über das eigene Haus hatten sie schon gesprochen. Alles schien perfekt. Nichts konnte die Idylle trüben.

An einem furchtbar heißen Sommertag gab es an Belindas Schule überraschend Hitzefrei und sie beschloss, ihren zukünftigen Mann mit einem Besuch im Büro zu überraschen. Chris hatte übrigens ein absolut umwerfendes Büro mit einer herrlichen Aussicht. Es war so groß, dass sogar eine Sofalandschaft darin Platz hatte, auf der er immer seine besten Ideen für neue Produkte oder Marketingstrategien entwickeln konnte. Der einzige Makel an seinem Büro war die unverschämt gutaussehende Sekretärin, die mit einer Figur gesegnet war, die Belinda nicht durch jahrelanges Hungern bekommen würde.

Lena, so hieß die Sekretärin, hatte sich wohl Urlaub genommen, denn das Vorzimmer zum Allerheiligsten, wie Chris sein Büro gerne nannte, war leer. Kein Wunder, bei der Hitze. Da gab es sicher bessere und interessantere Dinge zu tun, als die Tür vom Chef zu bewachen. Belinda nahm die Klinke der schweren Holztür in die Hand und drückte sie herunter.

»Überraschung!«, rief Belinda freudestrahlend und im selben Moment, als sie den Raum betrat, stockte ihr der Atem.

Lena hatte doch keinen Urlaub. Aber zu warm war ihr wohl. Sie saß nämlich nackt auf ihrem Chris, der wiederum auf der Couch lag, die für die Ideen da war. Und nicht für Sex mit der Sekretärin. Wenn in dieser Sekunde nicht gerade Belindas perfektes Leben bis auf die Grundmauern niedergebrannt worden wäre, hätte die Situation direkt etwas Komisches an sich. Naja, wohl eher tragisch komisch. Aber komisch.

»Es ist nicht so, wie es aussieht«, sagte Chris und glich damit die romantischste aller Antworten nach ihrer ersten Nacht mit der dämlichsten aller Phrasen aus.

»Nicht?«, schrie Belinda. »Wie ist es denn dann, du Arschloch?«

Lena erwachte aus ihrer Starre und wollte von Chris und dem Sofa für Ideen aufstehen.

»Und du bleibst sitzen, du Flittchen!«

Egal wie verletzt Belinda in diesem Moment war, wusste sie instinktiv, dass Chris nur darauf wartete, dass sie einfach abhauen würde. Doch den Gefallen tat sie ihm nicht.

»Was ist denn jetzt? WIE IST DIE SACHE DENN?«, schrie Belinda weiter und hatte das Gefühl jeden Moment ihre Stimmbänder ausspucken zu müssen.

Doch es kam nichts. Keine Antwort. Lena bekam nur ein paar nervöse Flecken, aber Chris schien sich wieder gefangen zu haben. Es sah aus, als wollte er abwarten bis Belinda endlich ging, um dann weiter mit seiner Sekretärin Ideen zu sammeln. Belinda hatte zwei Möglichkeiten. Die Erste war, sich vollkommen zu erniedrigen, indem sie ihn anflehte, ihr alles zu erklären, zu ihr zurückzukommen und die Märchenhochzeit, für die sie so viel Zeit und Liebe investiert hatte, trotzdem zu feiern. Sie entschied sich für die Zweite. Diese bestand darin, im ersten Schritt ihr Smartphone zu zücken und ein echt gutes Foto von den beiden zu machen. Chris und Lena waren so überrascht, dass sie sogar beide in die Kamera schauten. Wunderbar. Und einen Moment später war der Schnappschuss auf Facebook zu bestaunen. Und da Lena mit dem Rücken zu Belinda saß und erschrocken über die Schulter schaute, würde das Foto nicht einmal gelöscht werden. Man sah ja ihre Brüste nicht. Danach schnappte sich Belinda die obligatorische Whiskeykaraffe, die in jedes bessere Büro gehörte, und warf sie mit voller Wucht auf das Foto an der Wand, das Chris und Belinda in glücklichen Tagen zeigte.

Fürs Erste war Belinda mit sich zufrieden. Zumindest soweit es die Situation zuließ. Sie war zum Glück nicht fähig, die Tragweite der Situation in ihrer ganzen Grausamkeit zu erfassen. Denn dann wäre sie vielleicht aus dem Fenster gesprungen oder hätte Chris und seine Schlampe spontan mit Benzin übergossen und angezündet. Doch so fasste sie einen ganz anderen Entschluss und war plötzlich völlig ruhig. Sie wusste, wo seine Achillesferse war. Aber das sagte sie ihm nicht, sondern verließ lächelnd und ohne ein weiteres Wort sein Büro. Auf einmal hatte sie das Gefühl sogar Glück gehabt zu haben, nicht bis an ihr Lebensende mit jemandem zusammen zu sein, der sie wahrscheinlich mit einer Sekretärin nach der anderen betrogen hätte.

Als sie das letzte Mal in ihre gemeinsame Wohnung ging, öffnete sie zum ersten Mal den Safe. Das war ein kleines Extra, das man bekam, wenn man in einem der besseren Gegenden eine Wohnung nahm. Das hatte natürlich seinen Preis, aber darauf kam es ja bei Chris nicht an. Er würde es allerdings bereuen, ihr damals einen Schlüssel gegeben zu haben, falls sie auch irgendwann etwas wegschließen wollte. Das Einzige, das Chris weggeschlossen hatte, war das absolute Glanzstück seiner Comic-Sammlung. Er hatte viele teure Comics, aber nur eines war so teuer, dass es in einen Safe musste. Und das zu Recht. Es war die erste Ausgabe von Batman aus dem Jahr 1939. Damals kostete sie 10 Cent. Heute wird diesem Heft ein Wert von 350.000 Dollar bescheinigt. Belinda hatte keine Ahnung, was Chris vor Jahren schon dafür bezahlt hatte, aber wenig wird es nicht gewesen sein.

Belinda ließ den Safe offen, stelle den Schirmständer aus Stahl darunter, legte das Heft hinein und zündete es an.

Kapitel 21 – Louis Poppen (Ich)

Grundsätzlich konnte ich mich ab einem gewissen Zeitpunkt nicht mehr mit gutem Gewissen in Selbstmitleid ertränken. Das war ganz schön schwierig, wenn man das sein ganzes Leben lang gewohnt war. Ich machte es gelegentlich trotzdem, aber ich kam mir ziemlich mies dabei vor. Schließlich ging es vielen anderen deutlich schlechter. Ich hatte irgendwann einen vernünftigen Abschluss an der Uni gemacht, mich am Ende des Studiums parallel noch im Bereich Human Resources spezialisiert und direkt im Anschluss einen ziemlich gut bezahlten Job als Personalreferent bei einem Global Player bekommen. Es war sogar ein richtig cooler Job. Ich war tatsächlich an der Stelle angelangt, an der ich plötzlich andere einschätzte und anhand dessen der Daumen nach oben oder nach unten ging. Ein unglaubliches Machtgefühl stellte sich in mir ein, mit dem ich manchmal aber nur schwer umgehen konnte. Ich hatte wohl zu oft am eigenen Leib gespürt, was es hieß, vorschnell verurteilt zu werden. Trotzdem war es auf dieser Seite des Tisches deutlich angenehmer und ich hatte mir geschworen, immer fair zu bleiben. Das war ich mir auch selbst schuldig.

Ich hatte eine Wohnung, die man zeigen konnte und ich durfte sogar ein paar Kollegen als Freunde bezeichnen, mit denen ich oft meine Freizeit verbrachte. Alles in allem eine ganz passable Lage im Vergleich zu früheren Zeiten. Lediglich das Thema „Frauen" war mir immer noch ein Rätsel. Es wollte einfach nicht funktionieren. Gut, vielleicht lag es auch daran, dass ich nach wie vor extrem schüchtern war. Und auch das war schon wieder schöngeredet. Es lag definitiv an mir, aber das wollte ich mir nicht eingestehen. Denn dann hätte ich nämlich überhaupt kein Selbstmitleid mehr haben dürfen. Und das wollte ich um jeden Preis vermeiden.

Genau betrachtet war es ja ziemlich erbärmlich. Ich hatte keine Gewichtsprobleme, war mittlerweile sogar richtig sportlich und trotzdem schaffte ich es nicht, eine Frau im Fitnesscenter anzusprechen. Dass es im Beruf prima lief, hatte ich schon erwähnt, oder? Wie auch immer. Es war zum Kotzen.

Manchmal kam es sogar vor, dass ich von einer Frau angesprochen wurde. Leider war es nicht ein einziges Mal diejenige gewesen, die ich selbst gerne angesprochen hätte. Irgendwann war ich dann aber so frustriert, dass ich unbedingt eine Partnerin wollte und ließ mich auf ein Date mit einer Frau ein, die mir eigentlich gar nicht gefiel. Wobei das ja auch nicht immer der ausschlaggebende Punkt sein sollte und ich verließ mich auf die inneren Werte. Und außerdem war es mit über dreißig Zeit, sesshaft zu werden.

Kathrin war jetzt nicht gerade ein Rhetoriktalent, aber ständig in geschwollenem Hochdeutsch wollte ja auch keiner reden. Und manchmal war sie auch etwas derb, aber ich redete mir ein, dass Männer darauf stehen würden.

»Ey Alter, streif die Tüte über«, pflegte Kathrin zu sagen, wenn sie Lust auf Beischlaf hatte. Nett, oder? Zumindest kann nicht jeder behaupten, dass seine Freundin so offen beim Sex ist. Und immerhin dachte sie an Verhütung.

Kathrin und ich zogen sogar zusammen in meine vorzeigbare Wohnung. Ich fragte mich in regelmäßigen Abständen, ob ich Kathrin wohl liebte. Ein eindeutiges Ja wollte mir aber einfach nicht über die Lippen kommen, wenn ich vor dem Spiegel stand und mit mir selbst redete. Irgendwann wagte ich mir dann die Frage zu stellen, ob es Dinge gab, die mir an Kathrin gar nicht gefielen. Und da kamen mir plötzlich ziemlich viele in den Sinn. Und zwar als Allererstes der Spruch mit der Tüte. Und wenn wir schon beim Thema „Sex" waren, fand ich es nicht so lustig, wenn sie immer Witze über den kleinen Louis machte. Das soll jetzt nicht heißen, dass ich bei dem Thema keinen Spaß verstehe. Aber es waren einfach ein paar Sachen dabei, die gingen gar nicht. Ich gab mir wirklich Mühe mit der Körperhygiene und sie gab ihm immer irgendwelche Fischnamen. Aber immerhin hatte ich überhaupt Sex. Und das sogar regelmäßig. Eigentlich mehr als ich wollte, aber sollte ich mich jetzt darüber auch noch beschweren? Am Anfang natürlich nicht und ich war sogar dankbar. Das half auch ziemlich lange über alles andere hinweg. Allerdings ging das nicht ewig und ich beendete die Beziehung irgendwann wieder. Und dann war ich schon wieder alleine. Wobei das wohl das kleinere Übel war, wenn ich mir vorstellte, wohin sich die Verhaltensmuster von Kathrin noch entwickeln hätten können. Und darüber machte ich mir regelmäßig Gedanken, ich war ja schließlich vom Fach.

Ich kompensierte den Frust in Sport. Körperlich war ich in unglaublicher Form. Freunde von mir sagten immer, ich würde trotz der ersten grauen Haare, immer besser aussehen. Ich glaubte ihnen nicht. Irgendwann habe ich das auch mal bei einem Treffen mit ehemaligen Kommilitonen aus dem Psychologiestudium erzählt. Sie wollten mir dasselbe einreden. Mit der Begründung, ich würde eine Abwehr um mich herum aufbauen, um keine Frau ansprechen zu müssen. Sie behaupteten, wenn ich mir eingestehen würde, eine ganz gute Partie zu sein, müsste ich mir genauso eingestehen, dass ich einfach nur zu feige sei. Denen glaubte ich auch nicht.

»Dann melde dich doch wenigstens bei Facebook an«, sagte mein bester Freund und Kollege Tim.

»Warum?«, fragte ich. Gleichzeitig machte es mir Angst. Was wäre, wenn mich im größten aller sozialen Netzwerke auch niemand haben wollte?

»Vielleicht hast du ja Glück und es schreibt dich irgendjemand an.«

»Ich weiß nicht.«

»Warum?«, hakte Tim nach.

»Warum ist keine vernünftige Frage.«

»Du hast auch „Warum" gefragt.«

»Das war etwas anderes.«

»Ach so. Natürlich.« Tim winkte ab und ließ mich in meinem Elend einfach sitzen.

An diesem Abend saß ich zu Hause und dachte unentwegt an Facebook. Sollte ich mich wirklich anmelden. Eigentlich war ich ja stolz darauf, völlig ohne diese Plattform für Menschen ohne echte Freunde auszukommen. Auch wenn ich mir eingestehen musste, dass es mich schon oft in den Fingern gejuckt hatte. Und das Schlimmste war die Tatsache, dass wohl alle anderen tatsächlich recht hatten. Und ich war nur ein armseliger Feigling, der irgendwann in Rente ging und als ewiger Single auf das Glück hoffen musste, irgendjemanden als Freund zu finden, der vielleicht schon verwitwet war. Und das wollte ich mit allen Mitteln vermeiden. Also, was blieb mir anderes übrig? Ich meldete mich bei Facebook an. Immerhin noch besser, als auf einer Dating-Seite. Es war wirklich ganz einfach. Ruckzuck war ich drin, hatte ein Profilbild hochgeladen, das ich sogar selbst ziemlich gut fand.

Und da saß ich nun. Null Freunde auf Facebook und dementsprechend natürlich noch keine Nachrichten.

Welchen Namen sollte ich eingeben? Tim wollte ich nicht gleich als erstes suchen. Das wäre definitiv das Eingeständnis meiner Niederlage im Kampf gegen Facebook gewesen. Also überlegte ich sage und schreibe eine knappe Stunde, bis mir das Unvermeidliche einfiel. Jeder erzählte mir, dass man hier furchtbar einfach alte Bekannte und Freunde wiederfinden konnte. Und so tippte ich meinen ersten Namen ein.

Belinda Schowanowski.

Facebook schien zu suchen und fand auch jede Menge Belindas. Aber keine Schowanowski. Und wenn Schowanowski, dann keine Belinda. Ich war zutiefst enttäuscht und bereute schon, mich angemeldet zu haben. Nach wem sollte ich denn sonst noch suchen? Ich hatte genügend Menschen kennengelernt. Aber in diesem Moment wollte ich eben Belinda wiederfinden. Stattdessen ging ich in die Küche und suchte nach einem Bier. Wenigstens das konnte ich finden. Mit dem Bier setzte ich mich wieder an den Rechner. Und dann geschah das Unglaubliche. Ich hatte eine Freundschaftsanfrage.
Ich war plötzlich aufgeregt wie ein kleines Kind an Weihnachten und klickte auf das Symbol. Die Anfrage kam von Bel Linda. Ich kannte keine Bel Linda. Was war das überhaupt für ein Vorname? Ich bestätigte trotzdem, denn so hatte ich wenigstens einen Freund.

Immerhin. Ich klickte das Profilbild an, aber komischerweise sah ich darauf kein Foto, sondern nur das Cover eines uralten Batman Comics. Ich klickte mich durch das Profil meiner neuen Facebook-Bekanntschaft, als ich durch ein akustisches Signal furchtbar erschrak. Es war eine Nachricht von Bel Linda.

„Hallo Louis. Wie geht's dir? Ich hoffe du kennst mich noch. Ich habe schon oft hier nach dir gesucht und freue mich riesig gerade jetzt auf dich zu stoßen. Ich wette du hast auch viel zu erzählen nach so vielen Jahren. LG Belinda."

Ich saß vor dem Bildschirm und konnte mich erstmal nicht bewegen. Obwohl es doch ganz offensichtlich war, musste ich alles erst ordnen. Zuerst bemerkte ich Idiot, dass Bel Linda natürlich eine Trennung ihres Vornamens war. Dann war ich einen kurzen Moment enttäuscht, weil mich doch keine wunderschöne Fremde aufgrund meines tollen Profilbildes angeschrieben hatte. Im nächsten Moment sprang ich von meinem Stuhl auf, stieß einen Freudenschrei aus und trank vor lauter Aufregung die Flasche Bier auf Ex. Konnte ja nicht schaden, wenn ich bei meinem ersten Facebook-Chat etwas lockerer war.

Und so kam es dann, dass wir uns für Freitag zum Essen verabredeten. Also für heute. Heute ist Freitag. Ich kann gar nicht sagen, wie nervös ich bin. Ich habe mir schon vier Mal die Haare gewaschen, weil ich mit meiner Frisur nicht zufrieden war. Ich komme mir schon vor wie eine Frau, die nichts zum Anziehen findet. Wahrscheinlich ist es Belinda auch völlig egal, was ich anhabe. Schließlich kennen wir uns schon ewig. Wir schrieben uns in der letzten Woche in jeder freien Minute. Ich habe unglaublich viel von Belinda erfahren. Und sie natürlich von mir. Nur hat sie kein einziges Bild von sich hochgeladen. Sie meinte, das käme als Lehrerin nicht gut. Was mir aber eigentlich auch egal war. Wir waren beide enttäuscht vom Leben. Zumindest was die Partnersuche anging und so hoffte ich, dass wir nach so langer Zeit endlich zu uns finden würden. Belinda war zwar nie meine Traumfrau gewesen, aber eigentlich war das Gesamtpaket unschlagbar. Und das war das Wichtigste. Durch unsere intensive Schreiberei der letzten Tage bin ich nun fast noch ein bisschen optimistischer geworden, als am Anfang meiner Geschichte, als ich ihnen schon andeutete, guter Dinge zu sein.

Dass ich furchtbar aufgeregt bin, sagte ich bereits, oder? Naja, wie auch immer. Ich werde mich nun an dieser Stelle von Ihnen verabschieden und einen neutralen Beobachter meine Geschichte zu Ende erzählen lassen. Das hat nichts damit zu tun, dass ich es nicht gerne selbst tun würde. Aber ich bin viel zu nervös dazu und würde wahrscheinlich nur wirres Zeug von mir geben. Vielen Dank, dass Sie bis zu dieser Stelle durchgehalten haben. Ich versuche mich nun endlich fertigzumachen und pünktlich vor dem Restaurant zu stehen. Drücken Sie mir die Daumen.

Kapitel 22 – Happy End?

Louis trat von einem Bein auf das andere. Er stand vor dem Eingang des Restaurants und wartete hochgradig nervös auf Belinda. Es war so aufregend, nach Jahren ohne Kontakt endlich seine beste Freundin aus der Jugend wieder zu treffen. Und irgendwie hatte er das Gefühl, dass alles genau so war, wie es sein sollte und das Schicksal ihn, über zugegebenermaßen verzichtbare Umwege, zu Belinda begleitet hat. In ihren Unterhaltungen auf Facebook gab es zwar ihrerseits keinerlei Andeutungen in diese Richtung, aber wer konnte es ihr verdenken. Immerhin hatte sie gerade noch eine Klage ihres Ex-Freundes am Hals, der tatsächlich 300.000€ Schadensersatz wegen eines Comics einforderte. Ihr Anwalt betonte aber wohl immer wieder, dass es völlig unmöglich sei, ihr die vorsätzliche Vernichtung dieses seltenen Exemplars nachzuweisen. Aber lästig war es trotzdem.

Louis schaute immer wieder nach links und nach rechts, scannte die Umgebung nach Belinda ab, um danach wieder seine Füße zu beobachten, wie sie scheinbar selbstständig sein Gewicht von einer Seite zur anderen verlagerten. Sie war etwas spät dran, was Louis aber gar nicht so schlimm fand. So hatte er noch etwas

Zeit sich auf das Treffen vorzubereiten. Wobei er aber keine Ahnung hatte, wie er sich vorbereiten sollte.

Im Augenwinkel sah er die wunderbare Silhouette einer Frau, die ziemlich nahe an seine ganz persönliche Vorstellung einer Traumfigur herankam und er bedauerte für einen Moment, dass Belinda doch immer etwas mit den Pfunden zu kämpfen hatte. Doch was waren schon Äußerlichkeiten im Vergleich zu den inneren Werten. Louis verharrte einen Moment, indem er ziemlich stolz auf sich und seine Einstellung war, als ihn eine bekannte Stimme aus seiner Starre riss.

»Hallo Louis«, sagte die Frau mit der unglaublichen Silhouette und der Stimme von Belinda. Er brauchte eine gefühlte Ewigkeit, um diese beiden Informationen zu ordnen, in der er wahrscheinlich eine ziemlich debile Erscheinung darbot. Für einen Moment versagten dann auch noch seine Stimmbänder und der erste Versuch Hallo zu sagen, endete in einem kläglichen Krächzen. Erst nach ausgiebigem Räuspern konnte Louis wieder einen klaren Laut von sich geben.

»Hallo«, war alles, was er im ersten Moment zu sagen vermochte. Belindas Erscheinung war irgendwie unwirklich und er hätte sich wirklich gewünscht, vorher ein Bild von ihr gesehen zu haben, um nicht dazustehen wie der letzte Idiot. Aber genauso kam er sich in diesem Augenblick vor. Selbst Belinda schien ihm plötzlich unerreichbar in einer anderen Liga zu spielen. Sie sah viel zu gut aus, im Gegensatz zu früher.

»Gut siehst du aus«, sagte Belinda und strahlte über das ganze Gesicht. Das verwirrte Louis noch mehr.

»Findest du?«, fragte er, da er ihr genauso wenig glaubte wie den anderen.

»Ja, wirklich. Und normalerweise wäre das die Stelle, an der du mir das Kompliment zurückgibst und dabei auch noch ordentlich übertreibst.«

Belinda war ungewohnt schlagfertig und Louis wusste nicht so recht, was er sagen sollte. Mit Komplimenten hatte er wenig Übung, daher zog er die Wahrheit vor, oder sagte vielmehr das, was ihm gerade durch den Kopf geisterte.

»Dann habe ich den ersten Eindruck nach einer gefühlten Ewigkeit wohl ziemlich vermasselt, oder?«

»Ach Quatsch«, antwortete Belinda und nahm Louis herzlich in den Arm. »Schön, dich wiederzusehen.«

»Das finde ich auch«, sagte Louis und bemerkte den Fehler in der Aussage. »Also ich meine, ich finde es auch schön, DICH wiederzusehen.«

»Lass uns reingehen«, schlug Belinda vor. »Wir haben uns bestimmt noch unglaublich viel zu erzählen.«

Tim hatte Louis das Lokal empfohlen und nicht zu viel versprochen. Es war wirklich schick und trotzdem gemütlich.

»Hast du toll ausgesucht. Ist wirklich nett hier«, bemerkte Belinda und Louis wurde langsam etwas lockerer.

Louis und Belinda waren schnell in ein Gespräch vertieft, bei dem beide das Gefühl hatten, sich erst gestern das letzte Mal gesehen zu haben. Nur das seit gestern eben unglaublich viel passiert war. Louis war so von Belinda begeistert, dass er gar nicht wahrgenommen hatte, wie die Bedienung die Karte an den Tisch gebracht hatte.

»Ich denke, wir sollten endlich etwas aussuchen und bestellen«, sagte Belinda und Louis hatte das Gefühl, völlig vergessen zu haben, dass er überhaupt in einem Restaurant saß. »Sonst denken die noch, wir sind Obdachlose und wollen uns nur aufwärmen.«

»Dann wärst du die schönste Obdachlose auf der Welt«, säuselte Louis und fragte sich im selben Moment erschrocken, ob er das nun wirklich gesagt hatte.

»Oh, danke Louis«, antwortete Belinda und wurde sogar ein bisschen rot dabei. Er hatte es wohl wirklich gesagt. Er hatte tatsächlich einer Frau ein Kompliment gemacht. Und scheinbar kein Schlechtes.

»Kann ich schon mal etwas zu trinken bringen«, fragte plötzlich die Kellnerin und unterbrach diesen magischen Moment ziemlich abrupt.

Belinda schaute zur Bedienung, überlegt kurz und war sich mit ihrer Vermutung ziemlich sicher.

»Bist du nicht Sabine?«

»Äh, ja«, antwortete Sabine überrascht und konnte ihre Gäste nicht einordnen. »Kennen wir uns?«

»Kannst du dich nicht mehr erinnern? Belinda und Louis aus der Schule«, antwortete Belinda. Louis stand immer noch etwas auf dem Schlauch.

»Das gibt's ja nicht«, antwortete Sabine und setzte sich zu den beiden an den Tisch. »Ich habe schon immer gewusst, ihr beide werdet mal ein Paar. Wie romantisch, seit der Schule. Da bin ich echt neidisch.«

»Na ja«, entgegnete Belinda vorsichtig. »Paar wäre jetzt etwas übertrieben. Wir haben uns heute seit Jahren zum ersten Mal wiedergetroffen.«

»Echt? Ihr seht aber definitiv aus wie ein Pärchen. Und vor allem seht ihr beide unglaublich gut aus. Wie habt ihr das denn angestellt? Das ist echt der Hammer.«

So langsam dämmerte auch Louis, wer Sabine war und konnte gar nicht glauben, dass sie einen total netten Eindruck machte. Er traute dem Frieden aber noch nicht, denn Sabine war während der Schulzeit alles andere als nett gewesen.

»Danke«, sagte Belinda und war ganz offensichtlich gedanklich schon einen Schritt weiter als Louis. »Und du bist immer noch so hübsch wie früher.«

»Aber damit alleine kommt man auch nicht durchs Leben, das könnt ihr mir glauben. Aber das wäre eine viel zu lange Geschichte. Vielleicht können wir ja mal einen gemütlichen Abend zu viert verbringen. Wäre schön, wenn ihr uns mal besuchen kommt.«

»Gerne. Das wird bestimmt ein lustiger Abend. Mit etwas Abstand kann man auch über viele Dinge lachen«, antwortete Belinda und Sabine schaute plötzlich etwas traurig aus.

»Tut mir übrigens leid, dass ich früher immer so fies gewesen bin.« Sie schien es wirklich zu bereuen.

»Sabine!«, rief im nächsten Moment eine Stimme, die Louis schon wieder bekannt vorkam. »Die Kinder wollten auf dem Weg nach Hause noch kurz ihrer Mama Gute Nacht sagen.«

Louis traute seinen Augen nicht. In der Tür stand Thommy. Der Arschloch-Thommy aus der Schule. Und das Merkwürdige an der Sache war, dass sogar er den perfekten Vater mit zwei glücklichen Kindern ausstrahlte. Die beiden Mädchen kamen auf Sabine zu gerannt und fielen ihr um den Hals. Als Thommy näherkam, wurde auch Belinda bewusst, wer da gerade den Raum betrat.

»Schau mal«, rief Sabine Thommy zu. »Belinda und Louis sind hier. Kannst du dich noch erinnern?«

Thommys Miene wurde ernst und Louis rechnete instinktiv mit einem Angriff seines früheren Peinigers. Thommy kam auf die beiden zu und ging neben Sabine in die Hocke.

»Tut mir leid wegen früher«, sagte Thommy, streckte Belinda die Hand hin und hatte tatsächlich Schwierigkeiten ihr in die Augen zu sehen. »Ich glaube ich war ein ziemlicher Arsch.«

»Es ist ja in letzter Zeit echt viel passiert, womit ich nicht gerechnet hätte«, stellte Belinda fest. »Aber dass ich euch beide wiedersehe und ihr euch auch noch für früher entschuldigt, setzt den letzten Monaten echt die Krone auf. Und ich muss dir leider recht geben. Du warst wirklich ein Arsch.«

Belinda nahm Thommys Hand. Es war ein ganz außergewöhnlicher Moment. Sie hatte das Gefühl, dass sich endlich alles auf eine Ebene begab. Alles wurde gleich. Das Gefühl der Minderwertigkeit verschwand endgültig. Scheinbar war dazu wirklich eine Begegnung mit ihrer Vergangenheit notwendig. Sie dachte zwar schon vorher, sie hätte alles abgehakt, was früher war, doch erst in diesem Moment schien sich alles aufzulösen.

»Man kann sich ja auch menschlich noch weiterentwickeln«, sagte Thommy und Belinda musste feststellen, dass er immer noch eine verdammt gute Partie abgab. Aber die beiden mit gemeinsamen Kindern zu sehen, war fast schon unwirklich.

»Stimmt«, sagte Louis, als er endlich wieder klar denken konnte und streckte Thommy zur Begrüßung die Hand hin. »Und jetzt sag nur, ihr seid auch noch verheiratet.«

»Klar«, antwortete Thommy. »Wie es sich für eine richtige Familie gehört.«

Louis wurde fast ein wenig neidisch und dachte daran, wie es wäre eine Familie mit Belinda zu gründen. Während er in Gedanken versank, beobachtete Belinda den Mann im Anzug, der hinter der Theke Anweisungen zu erteilen schien und kritisch an ihren Tisch schaute.

Wahrscheinlich, weil die Bedienung sich etwas zu lange mit den Gästen unterhielt und immer noch keine Bestellung aufgenommen hatte.

»Sabine«, flüsterte Belinda. »Wer ist der Typ hinter der Theke?«

»Das ist Sören. Ihm gehört dieses Restaurant. Und noch ein paar andere. Er kann ein ziemliches Arschloch sein. Aber ich habe ihn im Griff.« Sabine zwinkerte Belinda zu, doch die verstand nicht ganz, was sie meinte. Belinda schrieb sich das auf ihre gedankliche Liste und wollte Sabine bei Gelegenheit danach fragen.

»Ich weiß«, antwortete Belinda und musste sofort an ihre ziemlich miese Urlaubserfahrung mit Sören denken. Es schien wohl der Tag zu sein, an dem sich gleich die komplette Vergangenheit vorgenommen hatte, Belinda zu besuchen. Ob sie wollte oder nicht. Als Sören sich in Bewegung setzte und sich ihrem Tisch näherte, wurde sie etwas nervös. Sie spürte, wie sich die feinen Härchen am Körper aufstellten und sie ungewollt in den Abwehrmodus schaltete. Doch er schien sie nicht zu erkennen und sagte stattdessen Sabine etwas ins Ohr, dass sie nicht verstehen konnte. Sabine antwortete nicht so leise.

»Ja, ich mache gleich weiter. Das sind Belinda und Louis, die haben wir seit der Schule nicht mehr gesehen.« Da schien es ganz plötzlich bei Sören zu klingeln. Er schaute sich nervös um und winkte etwas ungeschickt einer ziemlich hübschen Frau zu, die ebenfalls hinter der Theke stand. Sören schien sogar etwas rot zu werden, ließ Belinda aber im Ungewissen, ob er sie erkannte oder nicht. Stattdessen sah er aus, als spiele er verschiedene Optionen durch, bei denen er keine als gut bezeichnen würde. Schließlich wandte er sich an Sabine und machte ihr einen Vorschlag, den er eigentlich gar nicht machen wollte. Der aber unter Berücksichtigung der Umstände das kleinere Übel zu sein schien. Belinda wollte nun so schnell wie möglich Sabine fragen, was sie zu Beginn des Gespräches gemeint hatte, als sie sagte, sie hätte ihn im Griff.

»Wenn ihr euch echt so lange nicht gesehen habt, frag ich Charlotte, ob sie nicht für dich einspringen kann. Dann könnt ihr zusammen essen.«

Sören ging zu ihr und Charlotte reckte beide Daumen in die Höhe und lachte Sabine zu.

»Was war das denn jetzt?«, fragte Belinda.

»Das ist eine sehr lange Geschichte. Die erzähl ich dir mal irgendwann«, flüsterte Sabine so, dass es Thommy nicht hören konnte, der gerade dabei war, den Kindern die Jacken auszuziehen.

Für Louis war dieser Abend in vielerlei Hinsicht ein ganz besonderer. Zum einen geschah das Unglaubliche, in dem sich Sabine und sogar Thommy bei ihm quasi pauschal für die ganze Schulzeit entschuldigten. Noch unglaublicher war aber fast schon, dass er sich im Laufe des Abends wirklich gut mit ihnen verstanden hatte. Es war sogar der beste Abend seit einer gefühlten Ewigkeit. Was er am Anfang als Störung bei seinem Date mit Belinda verstanden hatte, entwickelte sich sogar zu einem Segen für ihn. Durch das innige und ehrliche Miteinander der beiden und die Herzlichkeit, die sie ihren Kindern entgegenbrachten, erschien es Louis viel einfacher, in einer flüchtigen Bewegung mit seiner Hand, die von Belinda zu berühren. Sie hielt seine Hand sogar fest, schaute ihm kurz, aber mit einem Blick, der alles sagte, in die Augen und ließ ihn nicht mehr los, während sie sich ihre Geschichten erzählten. Sonst passierte während sie im Restaurant saßen, jedoch nichts mehr weiter zwischen Louis und Belinda. Aber das war schon so viel mehr, als er sich erhofft hatte. Louis hatte zwar daran gedacht und gehofft, dass etwas in dieser Art geschehen würde, aber da wusste er noch nicht einmal ansatzweise, zu welch einer unglaubliche Frau sich Belinda entwickelt hatte. Louis war glücklich. So glücklich wie noch nie in seinem Leben.

Einen kleinen Dämpfer bekam seine perfekte Welt an diesem Abend dann aber doch noch. Nicht, dass es ihn belastet hätte oder in irgendeiner Form an dem rütteln konnte, was heute Abend zwischen ihm und Belinda entstanden ist. Es war vielmehr der Glaube an eine gewisse Ordnung, der ihm kurzzeitig abhandenkam. Auch wenn er in seinem Leben nicht gerade vom Glück verfolgt wurde, glaubte er immer daran, dass die grundlegenden Dinge in Ordnung waren. Gerade was wichtige Organe im gut durchorganisierten Deutschland betrafen. Polizisten mussten ehrliche und gesetzestreue Menschen sein. Pfarrer sollten von ihrer Berufung überzeugt sein, genauso wie Anwälte und Richter vom Rechtsstaat. Ärzte sollten sich der Gesundheit anderer verpflichtet fühlen und Bürgermeister sollten das Wohl ihrer Gemeinde im Blick haben. Das waren die grundlegenden Dinge, die Louis wichtig waren und an die er glaubte, auch wenn einige davon immer wieder aus der Reihe schlugen. Über Politiker kann man ja bekanntlich streiten aber ein Psychologe wie er, sollte eine klare und offene Weltanschauung haben und nicht selbst zum Psychopathen werden. Und genau dieser Gedanke schoss ihm durch den Kopf, als Belinda beim Verlassen des Restaurants, an der Garderobe eine der ausliegenden Zeitungen in die Hand nahm und mit dem Finger auf das Titelbild zeigte.

»Ist das nicht unser Robert aus der Schule?«

Louis brauchte eine Weile, um das, was er da auf der neuesten Ausgabe von „Psychologie heute" sah, in seinem Kopf zu ordnen. Unnötigerweise befasste er sich für einen kurzen Moment noch mit der Frage, was diese Zeitschrift in diesem Restaurant zu suchen hatte. Doch schon im nächsten Moment dominierte das Porträt auf der Titelseite wieder und ließ eben diese Überzeugungen in seinen Grundfesten erschüttern.

„Robert Metzner – Revolutionär der Psychoanalyse!"

Robert. Und es war unverkennbar DER Robert, der mit Louis zusammen studiert hatte. Das konnte eigentlich nicht wahr sein. In Louis´ Augen war Robert mehr Psychopath als Psychologe. Und gerade der sollte ein Spezialgebiet revolutioniert haben? Klar, er war immer sehr verbissen, verschlang alles an Fachbüchern, was er bekommen konnte und war zumindest theoretisch auf einem außergewöhnlich hohen Niveau. Aber musste er tatsächlich in die Forschung gehen?

»Das ist doch unser Robert, oder?«, fragte Belinda noch einmal, nachdem Louis wie versteinert auf das Titelbild starrte und nicht reagierte. »Heute ist echt ein unglaublicher Tag.«

»Ja, das ist unser Robert«, antwortete Louis und nahm Belindas Hand. »Lass uns gehen.«

Belinda gab Louis einen flüchtigen Kuss auf die Wange und die beiden gingen gemeinsam einem neuen Leben entgegen.

ENDE

Die Geschichte hinter der Geschichte

Ich erzähle ja am Ende eines Buches immer gerne etwas über die Hintergründe und die Entstehungsgeschichte eines Buches. Doch hier war ich mir nicht wirklich sicher, ob ich das schreiben kann oder nicht. Aber warum eigentlich nicht.

In der Regel ist das Schreiben für mich fast wie lesen. Ich mache mir grob Gedanken, wie die Geschichte anfangen kann und wie es sich entwickelt. Danach bekommt die Geschichte eine Eigendynamik und ich bin oft überrascht über die Wendungen. Ich tippe einen Satz zu Ende und plötzlich kommt mir ein Gedanke, der eine Sekunde vorher noch nicht einmal in meinem Kopf schlummerte und ich bin selbst begeistert, amüsiert oder auch erschrocken darüber, wie es weitergeht. Und genau deshalb ist das Schreiben keine harte Arbeit, sondern etwas Spannendes, dass auch den Autor von einem Moment auf den anderen überraschen kann. Als ich „Warum immer ich?" anfing zu schreiben, war das ganz genauso. Ich schrieb einfach drauflos und erfreute mich an den unerwarteten Wendungen der Geschichte. Als ich an der Hälfte angelangt war, hatte ich wieder diese grobe Vorstellung wo es hinsollte, genügend Ideen, um die Geschichte zu Ende zu bringen und plötzlich keine Zeit mehr. Um aber die Ideen nicht zu vergessen, schrieb ich mir in Stichworten und einer Kapitelstruktur die Story zu Ende auf. Ich wusste also, wie meine Geschichte ausgehen würde. Das wusste ich bisher vor dem Ende noch nie so genau. Zumindest noch nicht so lange vorher.

Plötzlich war die Geschichte langweilig für mich, da ich ja das Ende schon kannte. Und so schlummerte das halb fertige Manuskript ganze fünf Jahre auf meiner Festplatte, bis ich wieder Lust hatte weiter zu schreiben.

Auf jeden Fall freue ich mich jetzt riesig, die Geschichte um Louis und Belinda endlich fertig zu haben. Es wäre einfach zu schade gewesen, wenn wir nicht wüssten, ob es ein Happy End gab. Die Namen im Buch und auch die Ortsnamen, die etwas an den Haaren herbeigezogen klingen, gibt es übrigens wirklich. Ich hoffe nur, dass es sie nicht in dieser Kombination gibt. Daher möchte ich mich auch pauschal und im Voraus für die im Buch verbratenen und wahrscheinlich sehr flachen Witze bezüglich der Namen entschuldigen. Ich selbst habe ja nicht einmal einen richtigen Nachnamen und biete auch hier Raum für Verwechslung und Belustigung. Und wenn ich es mir genau überlege, war ich es ja auch nicht selbst, sondern meine Protagonisten, die natürlich, genau wie die ganze Geschichte, ein Eigenleben haben.

In diesem Sinne – Vielen Dank, dass sie bis zum Ende durchgehalten haben und mir (wieder einmal) einen nicht unerheblichen Teil ihrer Freizeit geschenkt haben, in dem sie meine Geschichte gelesen haben. Ich hoffe, ich konnte adäquat unterhalten und wer weiß, vielleicht lesen wir uns bald wieder. Würde mich freuen.

Weitere Bücher von Thorsten Peter:

- Die Pubertät ist ein Arschloch
- Die Pubertät ist ein Arschloch (hoch 2)
- LAURA ROCKT! – Ein Abenteuer zwischen Musik und erster Liebe
- LAURA ROCKT! – Sommercamp und Band-contest
- HELTER SKELTER ON WHEELS
- Die Popcornschlange
- Jesus 2.0
- Vollpfosten
- Vollpfosten – Undercover in St. Anton
- Vollschlank
- Die Lösung ist eine Männer-WG